高新东散文系列

光阴也长大

高新东◎著

江苏凤凰文艺出版社
JIANGSU PHOENIX LITERATURE AND ART PUBLISHING

图书在版编目(CIP)数据

光阴也长大 / 高新东著. -- 南京：江苏凤凰文艺出版社，2024.6
ISBN 978-7-5594-8274-7

Ⅰ. ①光… Ⅱ. ①高… Ⅲ. ①散文集-中国-当代 Ⅳ. ①I267

中国国家版本馆 CIP 数据核字（2024）第 008443 号

光阴也长大

高新东 著

责任编辑 梁雪波
装帧设计 融蓝文化
责任印制 杨 丹
出版发行 江苏凤凰文艺出版社
南京市中央路 165 号，邮编：210009
网 址 http://www.jswenyi.com
印 刷 南京迅驰彩色印刷有限公司
开 本 880 毫米 ×1230 毫米 1/32
印 张 8.875
字 数 177 千字
版 次 2024 年 6 月第 1 版
印 次 2024 年 6 月第 1 次印刷
书 号 ISBN 978-7-5594-8274-7
定 价 68.00 元

目　录

第一辑　爱早已化为无形

第二辑　人生，是一种雕刻

第三辑　太阳出来，星星就看不见了

第四辑　永远没有山顶

序一：

书籍，是灵魂的枕头

蒋 巍

1

书海中的一片风帆。

拂过书边的一阵清风。穿行在书页之外的一些足迹。流连在字行中的一些感念。然后抵达人生之岸，身后是烛灯照亮的窗口和母亲操劳的白发。

读来亲切，在于天下同感。

读来感动，在于每人都这样长大。

2

《光阴也长大》《秋色如春》《站在岸上赏月》《飞过一片时间的海》是四本散文集，是读书的笔记，也似心灵的笔记。书里的文字细如叶脉，蜿蜒在一片片日历和日记般的静思中，又像春风又绿江南般的新绿，鲜丽在人生的缝隙中。即使进入秋色，也宛若新春月夜，透着高悬的灵动而散开的光，在小巷深处，在茶社里边，在海棠的花影之间。

这四本书，任意一本都可以放在枕边，慢慢读，时断时续地读，边想边忆地读。有时会让你激动，但更多的时候是让你静思，回味以往，回味世事，有时还会让你蓦然一惊：哦，当时那些事那些人那些情，像风进入风、水进入水，不经意间就过去了。而今回想，人生中一个重要的当口儿，命运中的一次巧遇，怎么就那样淡然放过去了？消失得像一片落叶。其实，每片落叶就是你的一张日历啊，都留有你的目光啊。

这四本书的最大优长，就在于它是生活本身。过去了但情感还在，启发还在，哲理还在。你匆匆忙忙来不及思考，作者的思考却在手边，像一扇可以推开的窗，让你眺望近切的路和通向的远方。

而且，书边的空白处还可以写些小印象、小感受、小记忆，写些浮想联翩中的自己，写写亲友在身边的日子，写出一个很小也很动情的世界。就像无事乱翻书必有所获，就像山路上遇到一个背着满筐苞米、两颊汗水淋漓的老农蹒跚而行，就像在上海的南京路上遇见一个美丽的少女擦肩而过。每个背景都是另一种生活和另一种选择。

我信步漫行时，常会望着他或她远去的背影，猜测他们的命运与未来。因为他中有我，我中有他，因为每个人的人生都是相关联的，苦难很远也很近，幸福很远也很近，温度很远也很近。

感知他人，就是作家的良知。

3

《光阴也长大》《秋色如春》《站在岸上赏月》《飞过一片时间的海》这四本书就是这么来的。看得出高新东先生的心很柔软很细腻很淡定，生活中的一切喜怒哀乐都记在心里，但写得很平实、很平静，甚至很简约。仿佛他仍在与幼时和后来的生活、与读过的书籍默默平行而且平等。

在他的文字里看不到成功，也没有出乎意料的欢欣和狂喜，只有平静。平静地看待一切，是生活的真谛。没有所谓的成功，自然也就没有所谓的失败。一切荣辱不惊，淡然处之。这就是平民一个、本色一个、街头远行的背影一个。很多老百姓就是靠这种乡情、乡愁活下来的，无坚不摧，生死由命。

人在做，天在看，夜里能睡个好觉，这就足够了。有什么东西是你能带走的吗？一切都是何必。

散文集里充满了这种叹息、感慨和对生活的敬重。浅淡中透着深刻，咏叹中渗着哲理。没有血肉相连的体会，就不会一语中的，荡起文中的波澜。

4

其实，高新东先生散文集中的那些经历，有些是相当动人、令人歌哭的，譬如那位远道而来、出钱让他上学、从而改变了他的命运的三叔，到现在作者也不知道应该怎样感谢和感恩。等于他给读者留下一个一直挂念在心的关切。

还有一种温情，就像家乡日日升起的炊烟，只飘散，不凋谢。

书中还写了许多平平常常的人物，都没有渲染，只是白描，寥寥数笔却鲜活于纸上。

看来作者在没有成为作家之前，就一直在关心、关注、关切他人，心中有自家温馨的小院，也有乡亲的冷暖。

这样的文学是有温度的。这是作家必备的目光和品质。

5

高新东先生的散文里充满了平民生活的气息。比如焦屑的味道，那是过去过年才能享用到的味道。不过看完全文我才知道，那就是北方人所说的油茶面的味道。

我上小学时，每天中午放学后便跑到父亲所在的机关，父亲便给我买一个烧饼、一碗油茶面，那扑鼻的香气让我至今难忘。读着高新东先生的散文集，仿佛少年时的香味又扑面而来。还有《秋天的第一杯奶茶》《老屋门前梨花开》《又见南国荔枝来》《千年流苏芳菲绽》，读来真个是芳香四溢，陶然自醉，自然也长了知识。

以前，我一直以为“流苏”是文人骚客造的雅词，是用来概括绫罗绸缎边缘垂挂的丝线的。读过后我才知道，流苏原来是一种名贵的树种，花期很长，生长很慢，花形不张扬却很优雅，有贵族少女之风。

我估计，走在开花的流苏树下，很容易迷路。

6

现今的花香，一般都在野地上、花盆上、阳台或窗台上，还有献给爱情的花束上，忙碌的人们很少能顾及和享受到。

高新东先生的散文却提醒了我们，香味就是生命的本色，是生活本该就有的气息。如果没有香味，人活着还有什么意思呢？如果没有香味，我估计活得无精打采的人类早就停止进化了。

人从猿猴变成人，一直忙碌到现在，为的啥？

其实就是为了创造香味。

7

说高新东先生的散文像“夜话”，是名副其实的。也确实，大半夜的瞎吵吵啥？

于是高新东先生就放低声量，轻轻地说，慢慢地说，细细地说，春风化雨般柔柔地说，说的全是家里家外、灯下絮语、人情往来、冷暖人生。没有一丝文人的居高临下、诲人不倦，也没有海量的“四书五经”、旁征博引。

他写得就像一位知友，读了一些书或有了一些体会，便细细向我们倾倒出来，说的是他自己，其实也是你我他，是在人海和书海中畅游所收获的朵朵浪花，让人感动，引人沉思。所以他和我们的感受交织交融在一起，都是日常，都是历练，都是交情，让我们的心底也溅起朵朵浪花。

8

看得出高新东先生写很久了，默默地、执着地、坚实地、温情地。世上本没有路，走的人多了，便成了路。而且路也变多了、宽了、挤了，谁也不服谁，爱谁谁了。而高新东先生就是捧着一颗炽热的心，埋头写自己的，一条路走到黑——再从黑转白。所以他的面前没有墙，只有路——一条属于自己的路。这从他的文字中可以看出来，真诚而多情，细腻而练达，多思而简洁。

文学是来自生活的，思想也是来自生活的。树上不掉下一颗苹果，就没有牛顿的万有引力；天上没有北斗七星跟着转，就没有宇宙之说。家里没有菜板，就没有母亲对土豆丝的追求。周边没有个三叔，就没有眼前这个高新东——另外一个高新东，肯定还在深更半夜给老牛喂草呢。喂饱了，点一根烟，也挺乐，照样跟老婆孩子也很牛。

不过爱好归爱好，喜好文学的他还会点灯熬油没命地写，比如“日落西山”啦，“月上柳梢”啦，“王小二爱上刘小芳”啦。但他肯定写不出下面这些句子：

“其实，只要心中有庭院，日出日落，三餐四季便都是桃花源。”

“如果天下所有人都能拥有属于自己的一方‘人间四月天’，那岂不就是大同胜境？”

“人的一生其实就是那么几个十字路口，左右都是路，但是踏上去却是截然不同的命运。”

看来，高新东先生确实没耽误自己的才华，选对了路口。

2023年11月9日于上海

（蒋巍：一级作家，中国作家协会会员。曾任《小说林》《诗林》总编辑、《文艺报》副社长、中国作协创作研究部副主任。2022年，作品《国家温度》荣获第八届鲁迅文学奖报告文学奖。）

序二：

高新东的“蓝蜻蜓”

姜琍敏

我和高新东先生结识不久，却可谓很熟悉他了。即一气读完他的散文新著《光阴也长大》《秋色如春》《站在岸上赏月》《飞过一片时间的海》之后，感觉他如捧出一颗心般，向我也将向读者坦陈自己切身经历的爱与忧、情与思、追求与坚持之种种历程。其朴实的行文、丰富的细节、诚恳而严肃的思索，几乎令我如见其人、如闻其声地看到了活生生的“这一个”。仅从这点上看，高新东先生的散文可谓颇具内涵的好作品。好就好在其作者的写作姿态和立场是真实的、有情有义而直面人生的。

助力他成功的，自然是文学。可见，我们说文学是精神家园，绝非套话。而其中，写作者的姿态和立场是起决定作用的要素。

由于职业缘故，我接触过许多辛勤笔耕也有所成就的业余作家，他们有一个突出的共同点，即他们的写作，首先源于对文学、事业和生命的热爱。所以虽然时间、条件与机遇对他们很吝啬，却仍然能够百折而不挠，孜孜矻矻地坚守着自己的信念与实践，终于结出属于自己的生命之花、文学之果。

高新东先生就是其中较有代表性的一位。他从 20 世纪 80 年代就开始了他的文学事业。而那个年代，正是中国新时期文学事业空前繁荣和发展的肇始阶段。群雄并起，“群众”更多。以至当时生发出一种呼吁，要广大文学爱好者，“不要挤在文学的小道上”。我对此说向来不感冒。不仅因为我就是那个年代起来的，更因为我始终认为，文学可谓一切艺术甚至科学之母体，任何人热爱文学、企图创作终究是有益的。文学不仅是人的精神家园，本身亦是一种审美方式。愿意挤上文学小道之人，即便你走不出去甚或跌得头破血流，那种热爱文学而热爱阅读、勤于思考之习惯的形成，终究还是会如“随风潜入夜，润物细无声”的好雨，大大有助于一个人的审美能力和性格丰满的。即以高新东先生的创作历程来说，不是他从当年至今笔耕不辍的持之以恒，焉得今日之丰硕成果及良好的襟怀、情操？

高新东先生的写作最令我赞赏的是，他的创作路径正，给人一种不为功利，有感而发的印象。其文字不事浮丽却言之有物。总体文风则朴拙而自然、耐品而可读。当他在生活中“看”，在文章中“游”之际，捕捉、定格下来的，不仅是景物与衣食的特性，还有自己的情与思。其文较好地做到了“看山山有情，看水水有意”。这听上去似乎也寻常，实际上识得点儿写作三昧的作者，都会明白这种文章并不好做，说它是写作的至境都不为过。因为这种质朴的文章初看貌不惊人，细品则比那些无病呻吟、只会吟风弄月或雕饰辞藻以至空洞虚浮、让人读半天也不知所云的流行大作高明得多。高新东先生的不少篇什，没耐心的读者也许看了个开头就想当然地以为下面如何如何了；其实并不，你细品后，恰恰就能从他平易、自如甚至好像漫不经心的叙述中，发现藏在里面的金粒，只要稍加你思绪的过滤，就会放射出闪亮的光芒来。这也是高新东先生散文的最大特色；所谓“抱朴守真”，纯朴自然之中，寄寓着他深蕴的情感或诗性。有时还不无道家意境和对生活、艺术、人生哲理的独到发现。比如他笔下的“蚊子”，就一反常人只有憎厌的思维定势，发掘出了自己的新意。他的《又闻焦屑香》《月儿又圆时》《老屋门前梨花开》等许多文章，不仅情景交融、耐人寻味，还富有生活气息和人文韵致。

所以我觉得，高新东先生写作成就之根本点，就在于他的文章既不是哗众取宠，也不是为赋新词强说愁的矫情之作。他的作品都源自切身的生活体验和发现，发自深心里对生活、人生和文学的理解与热爱。这样的作品因此而具有了真实、自然、能令人共情的爱与“我”。而有没有爱，有没有情，有没有“我”，是文学作品有没有灵，有没有魂的必要前提。

而真正从理想、事业、爱好这个维度介入文学的作家们，不论其面临的文学生态如何，终究只会“冷眼向洋看世界”，不改初衷。正如爱因斯坦曾说过的：“现在大家都为了电冰箱、汽车、房子而奔波、追逐、竞争。这是我们时代的特征了。但是也有不少人，他们不追求这些物质的东西，他们只追求理想和真理，得到内心的自由和安宁，与更远大的人生目的联系起来……”

确乎，对于一个真正的作家或文学爱好者来说，这份“内心的自由和安宁”，是任何物质追求换不来的，它只能来自于他们钟情的文学。这是文学之树终究长青，并永远有一代又一代新人倾心于文学的根本动因。

高新东先生作品的题材也很丰富，视野相当开阔。读着令我想起杜尚所言：“几乎每一秒、每一次呼吸就是一个作品。”他的笔触常于不喧不哗的叙述中，将他“发现”的生活次第延展，如无言的小溪缓缓流进读者的心田。他还注重表现人物，且会将一些有特征的细节串连起来，往往寥寥数笔，便出形象。缝缀它们的则是他的情感和对人生的体悟。

加西亚·马尔克斯说过：“如果我不得不给年轻作家一点忠告，我会说，去写他身上遭遇过的东西吧。”

显然，高新东先生正是这样做的。如果不是狭义地理解的话，我以为加西亚·马尔克斯并不是在排斥作家必具的想象力和虚构能力，而是在强调要多采撷自己最熟悉的、有文学审美价值的、有切实体验的现实阅历。高新东的写作正是体现了他作为一名作家本该具有的文学自觉，即追求独到的呈现，嚼自己的“馍”。其笔触看似在写乡情、写世态、写众生，实乃是在写自己、写人文、写出人们应该追求的姿态、立场和情怀。

说到情怀，高新东先生笔下的情怀是丰沛而诚挚的。我们总说，写作要有感而发，而这个“感”是憋不出来的，更是糊弄不了人的。“从喷泉中出来的是水，从血管中出来的是血。”读者都是有情人，真耶假耶，一目了然。因而，对人生、社会及人文的深刻理解，对底层平民真诚、由衷的怜爱与同情，实乃文学之至要。

而要深刻理解人生、社会及文学，就不能不再强调一点，即高新东先生在作品中，反复触及的那个老生常谈却永远值得我们记取的真理：开卷有益。培根认为：“读书足以怡情，足以傅彩，足以长才。其怡情也，最见于独处幽居之时；其傅彩也，最见于高谈阔论之中；其长才也，最见于处世判事之际。”听说高新东先生从年少至今，每天都保持至少读书一小时的习惯。这从他的《晴耕雨读》《藏在书里的灵魂》《我没有那么重要》等文章中，及其笔下时常提及的老庄、陀思妥耶夫斯基、娜妲莉·高柏等中外文化名家带给他的启迪和认知，便可见得。

我要为高新东先生的这一好习惯点个赞。而事实也理应如是，即你要当好一位作家，未必需要多高的学历，却特别需要多读书，读好书；更需要博览“群书”，读杂书。“对于我们的眼睛，缺少的不是美，而是发现。”而对于“发现”，缺少的同样不是美，而是丰厚广博的知识陶冶而成的一双“慧眼”。倘若你不是一个好读之士，一个涉猎广泛的博览群书之人，“慧眼”云何哉！且非如此，你也必将难以驾驭笔下那错综复杂的生活和五光十色的人性。

行文至此，不禁记起王小波的憧憬（也是我的憧憬）：“文学之路是这样的，它在两条竹篱笆之中。篱笆上开满了紫色的牵牛花，在每个花蕊上，都落了一只蓝蜻蜓。”

相信我会看到，高新东先生放飞出更多更美的“蓝蜻蜓”。

2023年10月12日于南京

（姜琍敏：一级作家，中国作家协会会员，江苏散文学会会长。曾任《雨花》杂志主编、中国散文学会副会长。）

序三：

烟火气中的书香味

——高新东散文印象

朱寿桐

黄海之滨，通榆河畔，水经斗龙卯酉交叉回流，地分龙堤金墩辉映呼应，只从这些地名便可推测，这是一个充盈文化记忆鼓励文化想象的地方；这便是大丰——我的家乡，这注定是一片文字活跃，写作流行，文风炽盛，写家云集的文化热土。

其中的出类拔萃者，经我作序的便有童话大家韦伟、儿童文学巧匠卢群、方言研究专家许涛、新旧诗歌吟者杨友明等，还有我非常熟悉的书写女子情怀的杨丽云，倡导人民文艺的骆圣宏等，他们俱已凭文学成名，以写作成家，有的曾名动一时，有的已赫然大家。

高新东是其中的一员，他常常以灵动的思维徜徉在各种报章之间，以灵活的笔锋活跃在各个文化群落之中，俨然成了惯用文字呼吸，用键盘说话，用文章交往的文学达人，近时更向文坛一举推出四本文集——《光阴也长大》《秋色如春》《站在岸上赏月》《飞过一片时间的海》,不仅显示出作者的勤勉的笔力，还体现出他对家乡生活体验的独特，他的灵气的运思，厚实的底气和丰郁的才情。

这些散文的题目每一个都储满诗意，将它们稍作调整，连成一起，就是一首灵动而优美的诗吟：

光阴也在长大

于是，秋色如春

飞过一片时间的海

然后，站在岸上赏月

这诗属于大丰，属于大丰的黄海和河岸，属于大丰的日月和春秋，也属于大丰侵蚀着海水濡漉的黄昏和夜晚。

你也许没来过大丰，甚至可能不知道地球上有这样特殊的一角；这里的人生活得普通平凡，甚至曾经有些穷迫，但他们的生活气息却充满着非凡的文化韵味。

水乡人家在夕阳西下的辰光，倚着船帮舀一瓢串场河水煮大麦糁子粥，这河水里就有当年范仲淹秕海围场的秕糠的香味，所烧的柴火则是来自范公堤岸枯萎的蓖麻秆。

这里曾散落着许多水洼困围着的草树田堰，其中有一些就被施耐庵指认为微缩了的水泊梁山，那里可以幻构出张士诚式的揭竿而起的众万旌旗。这是曾经悲凉的乡土，盐民出身的张士诚在这里慷慨举事，从海风中的苦咸叫喊出惨烈的血腥，塑造了一个大时代的风光。报仇雪耻之乡的豪壮,涌起豪壮的海水、河水，足以荡涤藏污纳垢的历史褶皱。

这里曾经犀兕麋鹿满之，其生动鲜活的画面胜过云梦之泽的悠远神奇，甚至冲淡了沧海桑田的壮丽图景。一些地方如沈灶刘庄的烟火气，紧相伴随的常常是草堰朵云，白驹过隙的书香味，那么富有哲理，那么能调动丰沛的想象。

在大丰，乡里的淡淡炊烟飘荡着城里常有的书声；城里作者的笔下，浮现着的是生活气息浓郁，文化诗性勃郁。

这个地方城乡结合，城野不分，烟火气与书香味交相辉映，一派文化的乐土，一片灵性的福地。这里有文化，有诗，有无限的意绪和无穷想象的空域，这是一个用文笔才能品出滋味，用文章才能体现况味，用书香才能勾勒景观边缘的土地。这些都是高新东散文中不断言说的景象，也是高新东散文的精神内质的展现。

高新东的散文有一篇题为《在书香和烟火气里邂逅诗意》。作为散文题目，略显拖沓板滞，但作为其散文精神内涵和文学风格的概括，却非常精警有力。后来，这篇小品文题目改为《邂逅诗意》，我觉得也蛮好，让人有更多的想象。高新东的散文正是如此，在充满烟火气的叙事中传达书香味的文化，在充满书香味的绘写中表述人生的哲理和哲思的诗意；书香味来自烟火气中的阅读与人生的况味，烟火气来自故园书香中陈年的回香与恒久的回味。

令人欣慰的是，高新东不再是一个固守故苑守望家园漫步庭院的传统型的写作者，他的写作资源固然充盈着故乡的烟火味，但同时他又是一个站在岸边望月的眺望者，他的人生感喟通向诗性的远方和远处的书香。几乎发生在社交平台任何一端的有影响事件都成了他聚焦的目标，漫步于生活流彼岸的任何一个特别的人物都会引发他的议论与遐想。带着诗意的徜徉，带着读书的迷醉，他操弄着谜一般的文字向旷野和天空滔滔不绝地倾诉，里面总是洋溢着对人生的热爱，对正能量的激赏，对美好的情思、美曼的联想、美妙的表达投诸真诚的欣赏。那里有做人的道理，有豁达的论辩，有面对真善美的人生和自然所淘洗出的风骨的潇洒、韵律的悠扬。这是他的散文，也是他的诗，是他常年笔耕不辍的理由，是他在任何话题上都可以推心置腹并愿意洋洋洒洒的精神依据和心灵篇章。

洋洋洒洒四大本散文，承载着一个公务人员面对人生方方面面的古道热肠，其思想资源和精神基础，都是连篇累牍的道德文章以及散逸而出的浓郁书香。

高新东的大部分散文都由生活的烟火气切入，然后引发出书香味的联想，有时激发出对于相关书卷的忆述和凝望。读书看来是高新东繁忙的写作之外最重要的进修与滋养，广泛的阅读和无边的遐想支撑着他忙迫的精神世界，主导着他写作内外的梦想和心灵的炫张。高新东的读书感慨也是他的写作感怀："读书可当成一种乐趣，更可内化为一种生活方式。在书香文墨中，润泽生活的枯燥，充盈自己的头脑。纵然人生也会有风雨，我们依然可以在平凡的人间烟火中，活出潇洒坦荡，活出盎然诗意。”

于是，他的阅读是如此的广泛，好像是任何人们熟知的和陌生的书籍，都可能在他的笔下与你不期而遇，或者在你毫无准备的情形下与你擦身而过，过去以后，通过他的文字展述，你可能恍然憬然，有时甚至惊悚得有些目瞪口呆。我正是从他的散文中，邂逅了雪小禅、马从春、袁树雄、窦贤康、小川糸等，了解并领悟他们的言论、书文和功业，而正是在电脑页面输入这些名字的时候，我才知道对他们的陌生其实是一种缺失。

高新东的散文认真、真诚、诚实而实在，几乎像日记，有的时候像读书笔记，所读的书有书架上信手拈来的泛黄的纸张所承载的，有街头田边夹带着微风细雨缭绕薄雾不拘远近各种播放器所传输的，有烂熟于心的精神咀嚼在意识反刍层面的心灵唤起，有俯仰伸展的情绪体操在晨练晚步时有所体悟的内在欢喜。

高新东的散文，读起来像书信。写给读者，写给家人，写给乡亲，写给朋友，同时也写给生活，写给世界，写给他所观察、邂逅或者关注的每一个对象与每一片天地。他的书信很少连篇累牍的倾诉，很少繁复琐屑的描写，很少苦口婆心的劝慰，更绝无居高临下的教训以及不厌其烦的论证，他更愿意做朋友式的对话、亲人般的交心，有时候精警得像一行行思想摘记，有时候又像散文诗呈现出风尘仆仆的吉光片羽。

于是，这部散文集体量虽然堪称庞大，但每一篇都值得认真阅读和欣赏。

展读这四部散文集，能够强烈地感受到作者和各种背景读者进行深切对话的渴望。这种渴望的强烈和恳切深深感染了阅读中的我。我很愿意就文集中所写的故乡烟火与作者切磋，因为这其中包含着我们非常熟悉但同时也需要付出精力和智慧才能抵达的文化现象。

《又闻焦屑香》叙写的“焦屑”，令我们联想到家乡文化的精神，在这里许多事物包括食物的名称，都是口口相传的说法，并不习惯于付诸文字表达，这样，将一些耳熟能详的事物名称落在文字上，就会暴露出文字文化力不能逮的问题。我们的家乡文化的土层非常深厚，文字文化在它面前常常显得无能为力。高新东所说的“焦屑”，有些时候会写成“焦黍”，其实与家乡人口语中的发音都不十分吻合，因为那种食物在里下河地区的土语中类似于“交易”。不过长期的传述中些许的音变是免不了的，应该在一定音变的限度内理解这些事物的发音。包括一些称谓也是如此。我们家乡的亲人称谓非常特别，如将“爸爸”称为“Baibai”，诉诸文字须大费周章，有人写成“伯伯”，那当然是有问题的。类似的情况还包括出现在高新东不少散文中的“嗲嗲”一词，这是我们这边对“爷爷”的土称，亲切而清晰，但用文字是否就借用“嗲”字，也在可以探讨之列。当年样板戏《红灯记》中将爸爸称作“爹爹”，苏北淮剧移植样板戏时让剧中人将“爹爹”念成“嗲嗲”,这就等于将爸爸叫成了“嗲嗲”，显然有悖于我们的人伦习惯。从这个意义上说，高新东用借字法以“嗲嗲”称呼“爷爷”，看来是比较稳妥的办法。

精神内涵的稳妥是高新东散文的特征，但稳妥遮盖不住高新东散文洋溢的才情。

面对一片时间的海域，站在家乡的岸边望月，这样的意象真实而生动；带着海水的咸涩，走进按照地支卯酉编排的阡陌，踏着初冬的轻霜漫步，从这个地方历来就有的烟火气中，捕捉书香的味道；无论是散落在大街小巷的或者是散发于书市、书室、书架的，这样的努力值得尊重，而相对恒久的坚持更令人感动。

2023 年 11 月 22 日于澳门

（朱寿桐：澳门大学中国历史文化中心主任，南国人文研究中心主任，澳门文艺评论家协会主席。）

第一辑

爱早已化为无形

爱早已化为无形

老舍曾说："人，即使活到八九十岁，有母亲便可以多少还有点孩子气。失了慈母便像花插在瓶子里，虽然还有色有香，却失去了根。"

每个人，都是母亲的孩子。母亲十月怀胎，怀的是辛苦，一朝分娩，拼的是危险。母亲与我是生死之交，我与她一起呼吸。从附着她体内开始我便开启了与她的宿缘，"母亲"这个词从此也与我的生命紧密相连。

"母亲"，自带深情和暖意，是世界上最好听的名字；"母亲"，任何时候呼唤起来，我都觉得无比温暖和安心。

从记事起，母亲从来没有对我说过："我爱你！"，但她的点滴举动，却让我无时无刻不感受到她的爱，母亲早已将爱化为无形，胜过世间所有。

小时候，母爱是悉心照料，寸步不离。长大后，母爱是牵肠挂肚，嘱咐万千。一寸寸的光阴，母亲的青丝变成了白发。世事浮沉，人间喧嚣，我在日复一日的奔波中，对母亲的依赖越来越少，但是对母亲的爱一直藏在心底。

时光荏苒，华鬓染霜。历尽世事的我忽然感悟，母亲其实是一种岁月，随着生命的脚步，当我也有了母亲的那一道道鱼尾纹、一缕缕白发时，有时竟难以分辨，那老了的，究竟是母亲，还是我与母亲一起共度的岁月？

母亲，是血脉相连，是家国情怀，是命运与共！作家梁晓声在他的《母亲》里说："由我的老母亲联想到千千万万的几乎一整代人的母亲中，那些平凡的甚至可以认为是平庸的在社会最底层喘息着苍老了生命的女人们，对于她们的儿女，该都是些高贵的母亲吧？一个个写来，都是些充满了苦涩的温馨和坚忍之精神的故事吧？"

这不就是写的我的母亲吗？"为母则刚"似乎是天下母亲共同的神力，母亲的角色使她甘愿为子女含辛茹苦，步履维艰。

母亲带我来到这个世界，她的怀抱是我最温暖的回忆。待我慢慢长大，却迫切想摆脱她。直到有一天，她成了我再也见不到的怀念时，我才明白：这个世界上，再也没有第二个人像她那样爱我，无怨无悔，不求回报！

又是一年母亲节，看到他人能够陪着母亲吃一顿饭，心中泛起阵阵酸楚；看到他人为母亲送鲜花买礼物、与母亲热线电话，我的内心无比失落，眼泪止不住落下。

我的老母亲，天堂里有手机、电话吗？我好想再听听您的声音，和您说说心里话。

"你入学的新书包有人给你拿，你雨中的花折伞有人给你打……"一首脍炙人口的《母亲》，听得我热泪盈眶。恍惚间，这是什么时候的事啊？又是多少光阴从我的手指缝隙中流走了？

母亲不在了，从此“无人与我立黄昏，无人问我粥可温”。此时，我深切地体会到，有一种记忆刻骨铭心，有一种思念无穷无尽……

又闻焦屑香

前几天几个文友在大丰本场菜研究院搞活动，中午吃工作餐，都是些本地最本初、最地道的家常菜。到末了时，服务员给每个人端上了一只古色古香的小茶碗。

“啊——焦屑！”有人惊叫起来。

随着这声惊呼，所有的人都把目光投向了自己面前的小茶碗。有的兴奋地把鼻子凑到碗边，深深地嗅上一口，说：“啊，好香啊！”有的直接拿起汤勺，迫不及待地捞起一勺，送到嘴里，无需舌头转动，便咽了下去，尔后，才伸出焦黄的舌尖，在嘴唇上下舔动；还有的本能地把勺子送到嘴边，用灵巧的舌头舔几下，似乎要把勺子上的香气全部吸进去。

所有的人都没有想到，今天会遇见久违的焦屑！当我听到“啊——焦屑”的惊叫时，仿佛触了电一样，全身不禁一颤。

我看着眼前的小碗，碗只有拳头那么大，碗的中央，好似一段焦黄柔滑的绸缎盘在里面，透着一股浓浓的麦香。

这香，像一把看不见的锥子，锥着我的心……

“‘焦屑’两字怎么写？”有人问。

“我觉得，应该是焦急的‘焦’，月亮的‘月’，叫‘焦月’，农村青黄不接时期的食品。”有人应道。

“应该叫‘娇雪’吧，这么漂亮、润滑。”

“哪有那么浪漫？农村人直截了当，叫‘焦屑’，焦了的麦屑的意思。”

我两只手的拇指、食指指尖，紧紧地捏着小碗的碗腰，失神地听着他们的讨论，心想，要是能回到五十年前，把这大半碗焦屑还给母亲多好啊。

是的，五十年，整整五十年。

那年我刚五岁，妈妈生我弟弟，在家“坐月子”。那天下午，屋子里很暗，夕阳从狭小的窗户里挤了进来，屋子里照不到光的地方愈加幽暗。

我倚在房门边，努力地盯着屋里的一切。奶奶打开一只不大的密闭的玻璃罐，小心地舀了几大勺什么粉子，放入“二碗”中。

有丁点粉子掉到桌子上，奶奶用食指在桌子上刮了刮，然后又在碗的沿口上刮了几下，最后还用舌头舔了几下自己的指头。这才拿起茶瓶，慢慢地把热水倒进“二碗”中，再搲（wǎ）了一调羹红糖放进去，用竹筷搅拌了又搅拌。那粉子的焦香味迅即四处漫溢，扑鼻而来，从屋里飘到了屋外。

我站在房门边，眼巴巴地看着扎着头巾的妈妈，倚在床沿，一勺一勺把糊糊往嘴里送。我馋巴巴的眼光直勾勾地盯着她手中的“二碗”，她每挑起一勺，我都要咽一下口水。我只好把细嫩的食指伸到嘴里，在牙齿上磨来磨去，口水随着手指流了下来。

为了吸引大人注意，我用小脚轻轻地踢门坎，用小手轻轻地推门沿，声音太轻了，奶奶和妈妈似乎都没有注意到。我又用身子挤贴着门，门发出吱呀声。

这时，妈妈发现了我，立即叫道，“小伙儿，妈妈这里的焦屑吃不下去了，你端去吃了！”

我如愿以偿，三步并作两步地冲到妈妈面前，端起“二碗”，接过勺子。碗里还有半小碗的糊糊，我嘴直接支到碗边，一边用勺子捞一边用嘴吸，没几下就被我吸刮得干干净净。那个焦中带香的甘甜味，那入口即化的细腻柔润感，刀刻一样烙进了我的灵魂里……

后来长大了，我知道了在那个年代，对于农村人家来说，焦屑是很精贵很精贵的食物。回想起那天的情形，妈妈并不是吃不下那小半碗焦屑，而是故意省给我这个还未懂事的儿子吃，并且为了顾及我小小的心灵，故意说她吃不下去了。

妈妈的爱就这样和着焦屑的滋味，深深地融进了我儿时的记忆里，让我从此对焦屑有着格外的感受和温情。

“唉，你怎么不吃的？”旁边的人见我发呆，提醒道。

“我舍不得吃。”我心有旁骛、半真半假地说。

“焦屑，对于我们这辈人来说，有着太多的童年记忆。”另一个说道。

随着年岁的增长，我知道了有句农谚叫“六月六，吃块焦屑长块肉”，知道焦屑又称“麦焦屑”，也称“麦糁儿”“焦面粉”“炒面”，类似北方的油茶面，是苏北地区传统的一种可储存、便携带、能应急的大众食品。

记得初中三年级时，我在学校寄宿。开学前，妈妈都要提前在家里土灶边，将元麦面放入铁锅里，用微火慢炒，待略焦黄，炒出香味，铲出，为我准备一大玻璃罐元麦焦屑。

离家时，总不忘叮嘱几句："小伙儿，焦屑千万不能用热开水泡啊，要用半温开水先搅成稠糊，然后再用适量热开水慢慢冲调，顺着搅动，不要忘了再放一点点糖精。"

焦屑好吃，但如何将焦屑泡出好吃的味道，真不知道还有这么多讲究。

那时周末，学校食堂正常不开伙，住宿的学生都要回家拿点蒸饭的米和喝粥的咸菜。我因为离家较远，很少回去，就一个人在宿舍，泡一碗焦屑，度过周末。

一碗黄爽爽的焦屑，那麦香可以弥漫整个宿舍，吃上一口，浑身舒坦，更不敢浪费丁点儿。吃完了，那些剩在碗边的糊糊，用筷子刮，最后直接伸舌舔舐，以至钵子都差不多不必洗了。

吃完焦屑后，满嘴留香，留给我的开心和满足感，真是太享受了。因为焦屑不同凡响的香味，在晚自修后，我总愿意与同宿舍的"兄弟"一起品尝。一人一小半钵，在浓浓的麦香中，大家说着各自家乡的故事，憧憬着美好的未来，那场景依然历历在目。

后来的后来，我知道了焦屑可以用小麦面粉炒，也可以用米面粉炒。有一次，我主动要求学炒一回焦屑，妈妈没有同意。妈妈说，炒这个东西可是个细致活，得用细茅草或者麦秆，文火慢焙。妈妈担心，一旦我炒失败了，就可惜了一锅面粉呀。

炒焦屑太考验人的功夫了。火大了，靠锅底的那部分容易烧焦，火小了，又炒不透。

妈妈炒制时，先把雪白的面粉倒入大铁锅，再用大铁铲贴着锅底不停地左右翻炒；待面粉呈淡黄色，有焦香味散出，赶紧抽掉灶膛里剩余的薪柴，再翻上几铲子，搁铁锅内，等凉透了再盛出。

这是妈妈炒焦屑的技巧和经验，也是妈妈永远的关照。微微焦屑，却布满学问，尤其那一铲铲的翻炒，倾注着妈妈对儿子无尽的期望。

参加工作以后，我依然很怀念焦屑的味道。

想念妈妈时，最想吃焦屑。以至夏日的某一天，我与妈妈通电话，再次聊到焦屑。

我说："妈，我想吃您炒的焦屑了。"

"小伙儿，你星期天来家里吃，妈妈给你炒。"再次品尝妈妈炒的焦屑，真是沁心沁肺。

与妈妈拉家常时，妈妈说："小伙儿，你小，不懂。过去阴历六月是乡下人最忙的日子，田里作物成熟，农忙开始。但是光喝粥不顶事，又没有其他食物可以充饥，焦屑最能耐饥，一大碗吃下去，做大半天的活计，都不觉得饿。现在这东西已经不稀奇了。小伙儿，你想吃，以后早点儿告诉妈妈。"

我终究没有像模像样地炒过一回焦屑，但每当品享焦屑时，总延续着儿时的追忆，那是慈祥的妈妈的呼唤，那是学生时代少有的情愫，那是苏北农村人的纯朴而又浓浓的乡风乡俗。

焦屑是特殊年代的美味干粮。而今，在琳琅满目的外卖清单里，没有焦屑的名字，而我在满街飘散的烧烤烟雾里，总想闻到飘满八十年代学生宿舍的焦香。

虽然我们很难找到焦屑的印记，但是它留给我们一代人的是恰似酒醉的乡愁。

焦屑于我，是儿时的味，是老家的味，是妈妈的味，又是一种牵挂的味，也是一种难以释怀的思乡味。

如今偶尔还能遇见焦屑，能闻到焦香味，但，妈妈却不在了……

月儿又圆时

总是梦到圆圆的月亮……

我家小区的西大门外，每天凌晨都有车子来清运垃圾，几乎准时准点发出一定的声响。那声响主要来自垃圾桶与装卸车瞬间的碰撞声。这对于有晨练习惯的我来说,正好是“闹铃声”。

今早,“闹铃声”还没有响起,我便从梦中醒来,梦里有月光。

这还缘于那个学生时代。月儿当头之时，我把私藏的六块月饼，分享给同宿舍的几个兄弟品尝。记得纸袋打开的那瞬间，扑鼻而来的是诱人垂涎的香味，让宿舍里的伙伴们或惊叫或欢呼。然后，一人一块，大家一起吃着月饼，赏着窗外的月亮。那晚的月亮非常圆，也非常亮，像一个小姑娘在看我们吃月饼。

我们各自好开心地讲述着小时候的故事。

“老兄啊，我老家在建湖乡下，穷，每年中秋，一个月饼切成四块，多一块都没得吃啊！”智多星杨华俊苦中有乐地诉说。

同样是盐都乡下出生的老秀才蒋者根接过话题：“老弟啊，你们家有月饼吃倒是老幸福的事了，我小时候从来没吃过月饼，只能尝到妈妈自己做的冷锅饼，弟兄们多，也只能吃上一角！”

……

梦醒时分，这中秋月又勾起了我对六块月饼的怀想。

那是 1986 年的中秋之夜，也是我考上盐城会计学校后的第一个节日。晚自习时，有人敲门，说是找我。

三叔拎着一个袋子，站在门外朝我笑着招手。

三叔是我生命中的贵人。初三那年，我没有考上学校，即走上社会，来到江苏生产建设兵团三师地毯厂，做了一名计划外临时合同工。看似是工人，还是合同工，但却是临时合同工，还是计划外的。一年的工人生活，其中的酸苦一言难尽。

那年月儿正圆时，我向家里提出复读一年初三的要求。兄妹三人都读书，经济条件跟不上，那就意味着老大先要做出牺牲，早工作，早得力，早结婚生子。在这种情况下，我心有不甘，悄悄地找到在外地工作的三叔，告诉他我想走复读之路。

三叔读过书，见过世面，二话没说，当晚披着月光来到我家，一见面就对我爸妈说："大小伙想读书，是好事，你们养不起，我养！"思想政治工作两句话不到，很快做了下来。

其实，我是理解爸爸妈妈的难处的。那年八月，家里把养了三个月的小猪仔卖掉，帮我缴足了学杂费，我也顺利来到了三叔工作所在的乡中学，跨进了复读求学之门。

如果不是三叔的鼎力相助，也不会有我跳出农门，迎来崭新的四年中专生活的机会。

中秋之日，三叔的到来让我惊喜万分。月光下，我带三叔察看了学校的教室、食堂、宿舍、体育场、树林、小河……边看边聊，我兴奋地告诉三叔自己已经当选为班级的宣传委员，并畅想了宣传工作"三进三出"的美好蓝图。他看到我的精神状态非常饱满，甚是高兴，一直不停地点头。

“好！好！没有白苦！没有白苦！人就要有志气！你好好学习，将来一定要做个有出息的人！”三叔留下鼓励的话，搁下了月饼和苹果，匆匆往回赶。

目送三叔渐渐离去的身影，我原地站了很久很久，猛然回头时，感觉手上的拎袋好重好重……

后来，我才知道三叔是从老市委党校步行到解放南路的万户新村，然后又步行回去，来回 20 里路。那时，我不懂，也不知道礼节，最起码应该留长辈喝杯茶，或者到校门外的小酒馆叙上两杯，敬个情份。我却问都没有问，这是我一直以来的遗憾。

年年中秋，总是想到多年前三叔带给我的六块月饼，不知道同宿舍的兄弟们，现在都在何方？他们也有各自的“三叔”吗？

我庆幸，我有三叔。每逢中秋的那天，我第一件事就是探望三叔……

秋天的第一杯奶茶

立秋了，意味着秋天来临。

夏尽秋来，金风渐至。早晨天边的鱼肚白即将褪去的时候，大地上白雾蒙蒙氤氲着些许湿气。秋意渐浓仍未浓，天气渐凉也不凉。

今年秋天的第一杯奶茶，我送给了女儿，愿女儿硕果满挂琼瑶枝，好爽一个秋。

打开朋友圈，好多小朋友被“秋天第一杯奶茶”送给谁梗住了。其实也没有梗不梗的，愿意送给谁就送给谁。

在这秋日的早晨，爸爸送上第一杯热乎乎的奶茶给女儿，女儿心里一定特别温暖。其实一杯奶茶十几二十块钱，谁都买得起，为什么非要别人转来“52.0”的红包来满足一杯奶茶的味蕾刺激呢？

关键是爸爸愿意给女儿买秋天的第一杯奶茶。这个很重要。

借着秋之降临，递送一杯奶茶，定义为秋天第一杯奶茶，来秀一下父爱，这也是值得的。在我看来，就是提醒爱与被爱，提醒我，作为父亲主动去爱。

那天，与同事去长沙出差。在不夜城的长沙市区，我们寻找全国最红奶茶店。奶茶妹给我们打包了奶茶，我却一再强调必须是珍珠奶茶。

她问：“为什么非得要珍珠奶茶？”

我说：“同事之间的情义如珍珠，相连一串。没有珍珠的奶茶，是没有灵魂的奶茶。”

奶茶妹激动地说：“你太伟大了，今天你一杯有灵魂的奶茶，一定会温暖我们大长沙整个夜晚！”

很多时候，工作的忙碌，生活的琐碎，逐渐压缩我们的个人时间，在我们仅有的、有限的时间里，甚至忘记了去爱和被爱，偶尔我们也需要一杯奶茶奖励自己、关爱他人。其实，重点不是奶茶，而是你关心着他人，你被人惦记着，被人捧在手心里的这份心，那份爱。

秋天的第一杯奶茶，属于网络热词。在网上看到一则新闻，2020 年 9 月 24 日上午，四川达州雍河湾小区，一个女孩坐在楼顶天台的护栏外面，当地民警用“秋天的第一杯奶茶”将她打动，顺利救下轻生女孩。经民警劝解，女孩终于道出了她的心事。父母在外地打工，她和爷爷奶奶生活。她觉得生活中受到家人的冷落，在学校没有知心朋友，因此生出了轻生的念头。

一杯奶茶，让女孩感动了，原来世界有爱。

秋天的第一杯奶茶，这个被救的女孩喝出了什么滋味？我想，一定是关爱的滋味。

河畔清风起，万物已惊秋；云天收夏色，木叶动秋声。八月好运，爱与秋天同在，奶茶仅仅是五彩的点缀。

这个秋天，有人给你买第一杯奶茶了吗？喝不喝秋天的第一杯奶茶真的并不重要，重要的是不要把自己的爱给弄丢了。

“喊好”声中过了年

儿时印象最深的，当属小时候过年“喊好”拿红包的时候，那是我们最兴奋的时刻。较现在时尚简约的用手机发红包要隆重得多，特别有仪式感。

尽管那时拜年礼物的价值微乎其微，但那种相互之间的祝福与惦记却是最真诚朴素的。

我对于过年“喊好”的画面大都形成于四五岁到十一二岁这个年龄段。四五岁是我儿时记事的开始，也是“喊好”在记忆里最为幸福的缩影,一声声“喊好”充满了对美好生活的希冀。

记忆中,过年是从二十四夜“送灶”开始。嗲嗲（盐城方言，指祖父或泛称祖父级长辈）首先把供果和酒菜摆在桌子上，在“灶神”上天之前要先款待一番“老人家”，同时燃放鞭炮。

这时嗲嗲不停地“喊好”：“灶老爷！灶老爷！你要上天言好事，下界保平安啊，多言好事、多保平安！”

大年三十晚上的年夜饭，长辈一般会烧猪大肠上桌给小孩子吃，防止初一早上“喊好”的时候小孩子说错话。说是吃了猪大肠就百无禁忌了。

年夜饭后拿压岁钱，妈妈一定会千叮咛万嘱咐：“你们细伢子拿了压岁钱就要听话，初一一大早起来你们要先跟家里大人

‘喊好’拜年，祝嗲嗲奶奶、爸爸妈妈身体健康，过一百二十岁！”

奶奶在旁边还不忘补充提醒：“细伢子初一早上不‘喊好’，来年就会变成哑巴！”我和我的弟弟妹妹都深信不疑。

口头“喊好”拜年的程序是有规矩的，即晚辈先喊长辈，年龄小的先叫年龄大的。

我们兄妹三个，我是老大，一大早拜年“喊好”时，总是最小的弟弟先说，我收尾。妹妹最乖巧也听话，弟弟相对调皮些，但最讨人喜欢。

记得弟弟有一阵经常放在嘴边的口头禅是：“没得命！没得命了！”“你也不是妖怪，我也不是妖怪，大家都不是妖怪！”

“过大年，你不能乱说‘没得命’啊，你想要什么好玩的，哥哥给你！”记得那时我还以小大人的身份纠正弟弟。

口头“喊好”拜年后，家里八仙桌上已摆上一人一小茶碗的红枣茶。嗲嗲、爸爸一边和我们喝红枣茶、吃红枣，一边叮嘱我们不要说不吉利的话。等放下筷子时，碗里的红枣必须要留个双数。一般留两个或四个红枣，意味着碗中有余，好事成双。

这个时候，妈妈在土灶的锅膛边烧水，奶奶把一竹筛子的汤圆端到灶台边，煮上一大锅。新年第一大餐就是全家一人一大碗热腾腾、甜津津的汤圆，也寓意新的一年阖家团圆、生活幸福甜蜜。

正月初一的拜年，在我老家分为两大板块。第一板块是和家里人口头拜年；第二板块则是跟着长辈或者独自去本生产大队里的长辈亲戚家拜年，有干亲的要先拜干亲。

我拜年的第一站是本生产队的干爸干妈家。那时总是拎着“四样头”，即果子、糖、蜜枣和云片糕，跟随爸妈步行前往。

干爸干妈一早就在家门口晒场上等候了，打老远已听到“喊好”声：“恭喜发财，恭喜一大家子都发大财！”

一见面，我便向干爸干妈“喊好”拜年：“祝干爸爸、干妈妈身体健康，万事如意！”接着便是喝早茶。

来拜年的客人面前会有一碗特意添加过两调羹糖的“糖茶”，桌上几个盘子里放有果子、云片糕、麻切、麻饼、花生糖、芝麻糖、花生和瓜子。香喷喷、美滋滋，自然令我嘴馋、心动。

早茶后，干妈还会单独抓两把零食“特供”给我，一边揣一边道：“宝宝听话，以后做大官，发大财！”我开心地把零食揣满裤兜后，去和干姐妹们玩游戏了。

这时，大人们围在八仙桌旁继续喝茶聊天。从去年的收成聊到今年的春耕，再到明年的农作物计划、张家的女儿嫁给李家的三儿子了，等等，无外乎就这些话题。再不然就是相互打听着兄弟姐妹及孩子们的生活状况。

从大年初二开始，一般都要到远路亲戚家拜年了。这里说的亲戚大多是生产大队以外的亲戚。家里亲戚多的，能走到十五。

初五前多被视为拜早年，而初五以后、十五之前走亲访友则被视为拜晚年。老人们都说：“有心拜年，十五不晚！”

每到一家拜年，一帮小孩子都会凑到一块儿玩耍，见到大人从身边走过，都要“喊好”：“嗲嗲过年好！嗲嗲过一百二十岁！”

大人们则围在一起晒着太阳，嗑着瓜子，聊得热火朝天。主家显然不会闲着，在厨房里面忙得不亦乐乎，为前来拜年的亲戚准备丰盛的饭菜。

能吃上一顿花色多样的饭菜，这也是我小时候特别喜欢出门拜年的原因之一。吃饭时可以敞开肚子来享受“六大碗”。菜品少不了肉皮杂烩、红烧肉圆、猪肝炒大蒜、茨菰羹、萝卜烧蛏干和红烧野刀鱼等。

这些原汁原味的土菜，每次都把我吃得肚子圆鼓鼓的。长辈们看到小孩子大吃的劲头，总是笑着说：“年饱年饱，年也不饱，能吃就好！”

我和其他小孩子一样，吃得比较快，从上桌就开始狼吞虎咽，很快就吃掉自己的“份子”了。在等下一个菜上桌子的间歇，我就拉着小伙伴们到门外去玩耍一会儿。

爸爸妈妈和那些长辈们喝酒“喊好”，这个时候大都是喊着“闹酒”，有时也谈论“国家大事”。聊得兴起了，主人家的菜都需要再加热一下，以便尽兴。

拜年喝酒“寻开心”，对于那个年代的农民来说也是少有的休闲时光，更是难得的可以稍微“放纵”一下的日子。

通常拜年临走时，主家长辈都会给我发一个小红包，爸爸妈妈会提醒我向长辈回头“喊好”：“谢谢嗲嗲奶奶，祝嗲嗲奶奶健康长寿！”这个时候也是我最开心、最激动的时刻。

红包一般是两块钱，最多五块钱，十块钱就不得了啦。儿时的我，对于钱也没啥概念，再说红包在我这里只是一个“中转站”而已——长辈塞到我兜里，最后还是得交到妈妈那里去“保管”。

有钱就来底气。一次拜年回家的路上，我趁机向妈妈叫板：“你让我‘喊好’就‘喊好’！能不能到大队小卖部帮我买一个三毛钱的气球呢？”

于是，这年“喊好”的好处是喊出了一个红红的、比我脑袋还大的气球。

气球到手后，我乐滋滋、急匆匆吸足气，鼓起腮帮子努力把气球吹得大大的。那圆圆的气球，明亮亮、胖嘟嘟、飘飘然，甚是喜庆饱满。

红红的气球招来了邻居小孩羡慕的目光，那一刻，我仿佛是世界上最牛气的人。晚上睡觉前，我把那装满傲骄和幸福的气球挂在房间里，在这气球所带来的诸多陶醉中渐入梦乡。

那只飘荡、摇曳的红气球，是我儿时欣慰和满足的标记。那些欢天喜地、乐趣无穷的“喊好”声，也永远铭刻在我的记忆里。

被偷走的岁月

周日中午，回乡下探望老父亲。吃完饭，手习惯性地摸向裤袋，手机没了？自己却怎么也想不起来放在哪里了。

前几天，听朋友肖波先生讲，他偶尔也会遇到这种情况，不单是手机，话到嘴边有时却忘记要说什么，走进房间却不知道要干什么。

“对不起，我忘了”这句话在现代生活中，也像口头禅一样出现得越来越频繁。健忘已越来越多地出现在我的生活中。是谁，偷走了我的记忆力？

太太总是笑话我——要做的事抬头就忘，随手放的东西却又找不到，出门总是忘东忘西。

还记得学生时代，我把英语书1—5册的每篇课文，都能一字不漏地背下来，这种超强记忆力，也是一直令我引以为傲的事。从充满电的100%，到50%，强电变成了弱电，真是感慨万千。我有时突然反思自己，是岁月催人老，还是有健忘症了？

提起健忘，人们总是想当然地联想到衰老。的确，健忘是衰老的症状之一。随着年龄的增长，大脑本身也会发生一定程度的退行性变化，或者由于脑部动脉逐渐硬化而导致脑功能衰退。

我也常常有这类情况,比如:付过钱后忘了拿走买下的东西,或见到熟人却忘了对方的名字,或钥匙留在门上不记得拔,更糟的是厨房冒烟了才想起炉灶上熬着排骨……不由得让人感叹:人到中年,开始健忘了!

其实,健忘不是老年人的专利。很多年轻人也步入了健忘的行列,也有可能是假性健忘症。单位同事小张与小王也有这种症状。他们工作中,常常也会将片刻之前的事情,转眼之间就忘得一干二净。我家老邻居严先生有一次跟我讲,他家小孙子,才上小学,也会健忘。那又是为什么呢?

我带着这个话题,请教了人民医院的王主任,人为什么会突然"失忆"?怎么能赶走大脑里的"健忘虫"?王主任说:"像电脑存储卡一样,我们大脑的信息主要'寄存'在大脑皮层中。每个人都有在某个时刻,突然发现自己好像得了健忘症一样,一个转头,一个动作,就已经忘记自己下一步要做什么了,有时候都是骑驴找驴。其实,你不是得了健忘症,是因为你长期处于紧张的工作中,大脑休息太少了。不用紧张。"我知道他这是在安慰我。

人善于思考是好事。晚饭后,我还想着健忘这个事。对于王主任的答复,能不能从另外一个角度给予新的诠释呢?我倒是认为,脑子忙不过来,肯定是记了一些他们没有提醒过的事。当然记忆力通常是保存了一些东西,而放过了另外一些东西。我对童年时期、少年时代生活中某些场景的细节至今记忆犹新,虽然它们绝不是什么最重要的东西。我记得某些人,但把另一些人忘得干干净净。记忆力像是汽车的前灯，在黑夜里，它们忽而照亮一棵树，忽而照亮前面路边的房屋，忽而又照亮了一个人。所以，偶尔地忘记一些人和事也不是完全不好。

事实上，选择性记忆甚至可能表明智商并不比其他人低。如果某件事、某个物、某些人，我不曾记得，那就不会出现健忘，所以记忆和遗忘是相对的，只是对他作用的因素不一样而已。健忘在某些方面可能是选择性遗忘。毕竟如果我能在所有冗杂的事情中，掌握主动权，选择性遗忘，也未尝不是一种好事。当然，这也不是在给自己因为健忘而造成的一些不好的结果找借口。可以肯定的是，我或许已经忘记事情的内容，但是我却不会忘记健忘本身。

健忘，这是一个轻易不敢触碰的话题，却又是不得不最终接受的存在。因为，随着年龄的增长，我的记忆力会越来越差，这是无法回避的自然规律，也是一件令人遗憾的事。生活中，不少和我一起晨练的朋友，他们也感觉到记忆力下降，注意力没有以前集中了。他们都认为这种记忆力下降的表现不是病，不需要治疗。

人类的大脑非常聪明，它们只记住该记住的内容，而不是所有内容。好记性不如烂笔头。于是，我立即行动，为偶尔的健忘主动做出改变。平时自己把重要的事情、关键的会议、近期的活动，随时用手机记事本记下来，并用日历和闹钟时刻提醒自己该干什么。工作太多，就列出工作计划和进度，以便于我每天更新的时候，知道我做了哪些事，哪些事还没做。害怕忘记早上出门没带钥匙，出门前心里就先默念，确认钥匙、手机、包，确认无疑后再锁门。

我想开了，也明白了许多道理。学会遗忘，善于遗忘，就是学会了通往幸福大道的一门绝学，生活注定是幸福的。日常生活中，对于不重要的内容，我会自动过滤掉，而我自认为值得留存的或印象深刻的部分，我会有意无意地刻在内心深处，有的甚至于如影随形，即便岁月更迭，也不会抹掉其半点痕迹。

幸福是太多和太少之间的一站，最重要的就是拿得起、放得下。

新丰老街的烧饼

关于烧饼，最早的记载见于《梦溪笔谈》："炉丈八十，人入炉中，左右贴之，味香全美，乃为人间上品。"烧饼，各地叫法不一——京津一带叫火烧，江淮一带叫大饼，新疆叫馕，晋陕称馍，苏北地区就叫烧饼。烧饼虽然制作手法不一，却已历经千百年，成为独特的家乡风味，萦绕于游子心怀。我老家新丰的草炉烧饼，独特的制作工艺让其自成特色。

早年间，新丰老街不是现在的920街坊，而是河东边的一条南北巷最古老的街。那条街上有供销社老门市、浴室、油坊、理发店、钟表店，当然还有一家令我难忘的烧饼店。烧饼店总是人来人往，热闹异常。

小时候家里穷，冬天估摸着一个月才能到老街上洗一次澡。每次跟在我嗲嗲屁股后面，一路小跑，从农村生产队步行到街上。孩提时的五里路，感觉老长老长。

老街的浴室在北头，烧饼店在南头。洗好澡出门，在远处就能看到南边的烧饼店围着热闹的人群。我一闻到烧饼的香气，就拉着嗲嗲，往烧饼店奔去。嗲嗲很慷慨地给孙子买一个热气腾腾的烧饼，我迫不及待地就咬上一口。烧饼的口感外酥里嫩，咸淡适中，油而不腻，令人回味无穷。

有时，嗲嗲也会买上两个烧饼，两个人不慌不忙地坐在油坊门前的小板凳上，慢慢享用。偶然会遇到在油坊烧油的邻居张嗲嗲，他会从刚出炉的菜籽油中，盛出一点点放在小碗里，给我们蘸个烧饼，特香特香。

五十年前的新丰老街烧饼是草炉烧饼。这是一种以稻草作燃料、用土式烘烤方法烤出来的饼，色泽金黄，香味扑鼻，口感坚韧，是老街居民特别钟爱的一道小吃。烘烤草炉烧饼特别讲究，需使用立式烤炉。先将小麦草放入烤炉内点燃预热，在烤炉内贴满烧饼坯子后，再用火叉轻轻挑起麦草余火烘烤。麦草比稻草耐火，挑起时还有不小的火势，经小火烘烤，烧饼由白变黄也就熟了。

新丰草炉烧饼是有点儿名气的，制作精良，食用方便，口感极佳。首先是饼形好看，不大不小，圆圆的，厚厚的；其次是味道香；三是口感好，有劲道；四是摆得住，可储存一段时间。新丰草炉烧饼有葱油、椒盐、白砂糖等多种口味。草炉烧饼趁热吃口感最佳，底层是锅巴一样的焦香，面层是芝麻和饴糖散发出的香味，中间还有一层松软的面囊，诱人无比。味道正宗，吃上一个,便能成就一番味蕾的享受。每次我拿着热乎乎的烧饼，感受着食物的温度，不知不觉，烧饼里的烟火气已经深深植根于我儿时的记忆中，这种细腻的、朴实的味道，连缀着生活的幸福与温暖，有着抚慰人心的力量。

每天下午四点以后，新丰老街上，一阵阵熟悉的香味就能引来众多的食客，不一会儿，烧饼店门口便排起了馋嘴的“长龙”。做烧饼的老师傅手法娴熟，揉面，裹馅，擀皮，涂油，撒芝麻和贴饼，动作连贯，一气呵成。一个个烧饼紧贴着炉膛壁，在草火的热力下逐渐鼓起来。等到烧饼表面金黄,便可以出炉了。刚出炉膛的烧饼冒着热气，油光发亮，一口咬下去，表皮松脆，内质软嫩,芝麻和面饼的香气在唇齿间萦绕,形成了立体的感觉。周围的食客，一边吃着烧饼，一边与老师傅闲话家常。整个摊位氤氲着烟火气，我想，这就是人间最深刻而绵长的滋味。

记得1986年的寒假，我主动请我的嗲嗲来新丰老街上洗了一次澡，搓了一次背。洗好澡后，我们爷孙俩再次路过烧饼店，像遇见老朋友一样，亲切自然。听着老师傅熟悉的吆喝声，看着来来往往的食客,一幕幕童年的回忆涌上心头,显得越发清晰。我来到摊位前，看到做烧饼的老师傅脸上多了些许岁月的痕迹，然而，他的手法依旧纯熟，一个个烧饼在他的手里焕发着食物的生命力。老师傅双手在清水盆里蘸一下，用一个湿毛巾在炉膛中擦一下，这叫作洗炉，目的是去掉膛中的草灰。然后，他的双手拿起一对对擀好的生面饼，左右开贴，动作迅捷。转眼之间，炉膛贴满。这间歇，老师傅会用清水擦一把汗。等到炉内的面饼发黄,芝麻飘香,他又拿一个小草把子放进炉底烧一下，火苗一下子蹿了上来。不一会儿，老师傅手持铁铲，一铲一个或几个。竹匾里满满的都是草炉烧饼，一个个黄中透红，芝麻香浓，很是诱人。我买了十个烧饼，爷孙俩站在烤炉边，一人一个先尝了起来。还是原来的老味道，依然是那样的浓香四溢、脆嫩兼备、香酥爽口。望着熟悉的摊位,望着嗲嗲笑眯眯的眼神，嘴里嚼着饼，那一阵阵烟火气传递着食物的能量，在我的心里挥之不去的是这既真实又平凡的家乡风味。

万家灯火下，寻常的烟火构成了生活的滋味，书写着人生的故事。如今的我，已经离开老家四十多年了。每当想起家乡的美食,最令人难舍难忘的还是那草炉烧饼。在烧饼的烟火气里，有对美食的坚守，有我对老家的思念，还有那被岁月湮没，并值得我用心去回味的光阴。

新丰老街草炉烧饼的口感好孬，最核心的技术是火候，拿捏得当，炉炉生香。我想，人生亦如草炉烧饼，拿捏得当，才会“香味”十足。

把心腾空

昨晚饭后，收拾书房，除了书，还是书。书橱里、书桌上、窗台上、圆凳上，还有墙边地板上都堆着书。

我犹豫了。是增加一个转角书架，还是清理不用的书呢？

回想当年，新房入住时，简单的几件家具，必备的生活日用品，那多清爽。

这么多年来，每年都会往这个家添点儿个人认为有用的东西，东一件西一件。这不，感觉像茶杯中的水，满了。

满了以后就一个字，堵。不透气，人不舒服。

《扫除力》中有这样一个观点："你的人生，其实就像你自己的房间。"再干净的房间，不勤打扫就会遍染尘埃，不常清理就会塞满杂物。

人生其实就是一场旅行，是一个不断承重的过程，也是一个不断减压的过程。我跑过不少的地方，也走过不少的路；常人走过的地方我走过，常人不常走的地方我也走过，更有常人走过我却没有走到的。走过的路都是风景，没有什么遗憾；没有走过的路，不代表没有风景，我还有机会去走，也还充满着期待去走。那我跑过的地方、走过的路、看过的风景，在不在我的心里呢？有人觉得心堵，不想再跑，不想再走，累了，而偏偏有人却还有一股激情，总想奔跑在路上。

那是家里东西多，还是心里装的东西少呢？

我去叩询哲学家，哲学家说那是你自己的事，如果你还想要问，可以去问一问作家。

“不管见识高低，一个人深度整理并收拾自己的内心，这事本身就很迷人。”当代作家黎戈告诉我这个道理。

人最大的财富就是善于变通，应对时局，面对变化，及时调整自己。若放眼满是狼藉，就会心烦意乱；如处处干净整洁，自然会心生愉悦。

人生寻来寻去，只有找到自己的心才是对的。我经常自己对自己说：你所追求的安心与快乐，平和与宁静，只能从你自身内心获得。时常收拾家里的房间和心中的房间，反思自己，及时复盘，必然会耳目一新。

学会转变心态，日子才会越过越顺遂。把自己的内心整理好，就会自然而然地产生喜悦和力量。

我们每个人都在不停地寻找，想为自己的心，找到一个安身立命之所。我从整理书房的过程中，仿佛找到了整理内心的答案。

把心腾空，做一个心宽的人，通透的人。

更有常人走过的，我却没有走到的风景。不急，慢慢来！

老屋门前梨花开

“小伙啊！梨花开了！你什么时候回家望望啊？”电话那头传来老父亲怯怯而又期盼的声音。

不知从何时起，我对老家门前的那棵老梨树有了一种别样的思念。

每次听到《梨花又开放》这首曲子时，我都会想起老屋前的那棵梨树，以及梨花又开放时的情景。每当春季来临，一树白花开，引来成群蜜蜂围着它翩翩起舞，让人满心欢喜；微风吹来，片片花瓣落下，又让人很是伤感。

父亲的电话让我蓦然想起，春已深，也有几天没回家看望他老人家了。

“啊，好，我马上回去，我带些菜回去。”我在电话这头说。

“不要，不要，我已经准备好了。”

我立即丢下手头的工作，踏上了回家的路程。

人都说，世间最妥帖最温馨的画面，莫过于回家看到妈。今年春节期间，在乡贤人才座谈会间隙，我有幸与北京“零点有数”的董事长袁岳先生相聚。品茗叙旧，自然而然地也聊到了他的老妈和一树梨花。

袁先生的母亲一生秉性好强，个性直爽干脆，行事麻利果敢。

耄耋之龄，因种不了大田，她在自家门前种上了一棵梨树，时不时整枝、松土、浇水、施肥。这棵被精心培育的梨树，梨花洁白耀眼，结出硕大的梨子，酥脆爽口，村里人称这棵树为“梨王”，引来邻近的农户们争相观赏、取经。老人家笑着说：“我，八十了，一样能做事！无论什么事，要做，就想办法做到最好！”

听君感慨忆娘亲，往事桩桩入心来。袁先生接着说：“如今，梨树还在，妈妈却已经去了另外一个世界。妈妈没了，家乡只能称为故乡了，梦见的次数越来越多，回去的次数却越来越少。”

袁先生沉浸在他的回忆里。他说起了小时候老家的一情一景，一人一事，突然话锋一转，动情地对我说：“你知道吗？梨花，仿佛成了我内心对家的向往之处，每年都要回家看梨花。妈妈在，家就在，兄弟姐妹回家都有一个奔头；妈妈不在了，家再也不像一个家了。梨花开了，不知道她老人家现今在哪？过得可好？”

是啊，梨花开了，不知道她老人家现今在哪？过得可好？我静静地倾听着袁先生对母亲的哀婉追忆，不由自主地想起我母亲的音容笑貌，内心激起无尽的波澜，奈何时光无法倒转，阴阳两隔泪沾巾。我的妈妈，您现在又在哪里？

小时候，妈妈叮嘱我最多的一句话，“做人如梨树，虬枝开白花，清清白白。要多行好事，多积德行善，不能做坏事，不能‘妨法’啊！”

那时候家里穷，兄妹三人都在上学，妈妈起早贪黑，辛辛苦苦地为我们挣工分筹学费，朝闻鸡起劳伤骨，晚伴星眠累断腰。可是一年到头，依然没有多少收益，更谈不上结余了。

记得1985年的暑假末，即将开学的我要缴学杂费和住宿费。因为家中实在拮据，只能眼睁睁地看着妈妈把养了才3个月大的猪仔卖掉。我含着热泪接过妈妈手中的一沓带有体温的纸币，背过脸，用右手指甲死死地掐着自己的左手掌心，默默发誓：你读书一定要读出个“名堂”来！

人间的甘甜妈妈只尝了三分，生活的苦涩她却饱受了十分。妈妈一生经历了太多，期间没有兄弟姐妹能帮衬到，受的那些苦能结挂一棚的苦瓜，铺蔓一垄的黄连。妈妈以她的勤劳、坚韧以及柔弱而坚强的肩膀，苦心经营着这个家。而当苦日子熬过后，妈妈却老了；好日子开始了，妈妈却走了。

母亲在世时，周末回老家探望她老人家是我的规定动作。因为想她，哪怕只看她一眼，陪她吃一顿饭，聊一会儿家常，心就踏实许多。每次回家都成全了我一段时光的欣慰。

妈妈全心盼望儿女们人生路上有所建树。她不追求多好的环境、多优渥的生活，让我们坐享其成；她只希望孩子努力把工作做好，长本事、有出息！在她的心里，没有自己，儿女就是她的一切，是生存的依据和精神的支柱。

“爬到梨树上，闻那梨花香……摇摇洁白的树枝，花雨漫天飞扬……给我幸福的故乡，永生难忘……”妈妈的晚年，有一段时期，每到星期天上午，总要到门前梨树旁，焦虑地翘首远方，来来回回踱步。邻居大妈问：“奶奶，你怎么老在路上向东望啊？”她总是笑眯眯地回答：“我家大小伙今天恐怕要回来了！——唉，怎呢还不回来的？往日头这个时辰，都回来了！”

每次回家看见步履蹒跚的妈妈，一头白发，感到妈妈就像门前的那株老梨树，开了一树白花。这满树的白花让我意识到妈妈真的老了，可也没有想到她走得这么早、这么快。当检查出是癌症晚期时，我感到一座山轰然坍塌。

妈妈生病期间，前前后后在医院住院多次，都是弟弟妹妹们照顾，我只能晚上陪陪夜，身体力行伺候妈妈的机会太少太少。如今方知孝不能等啊！

父亲在门前场地上拣菜，一边拣一边拿眼远远地瞄着大路尽头，远远地看到我的车子，早早地站起来，手上还捏着一棵刚从地里挑出来的碧青的青菜。我一下车，他就说：“梨花花期短，再不回来，就要谢了。”仿佛只有我们家有梨花。

母亲走后，父亲突然憔悴了很多，说话、走路都慢了很多，好似年久的柿子树树干。

春光犹如一台膨化器，似乎一夜之间，就在我家门前的那棵老梨树树冠上膨炸出一树白花，粉白娇嫩，让人不忍碰它，蜜蜂见了也要小心翼翼。

老屋前，梨树下，我左右徘徊，感慨着岁月的风霜，摧残着我家老屋往日的容颜。那残损的窗棂，脱落的墙皮，似乎在诉说世间的变迁与人事的代谢。

老屋，默然不语，孤独而宁静，我在此一再觅找着妈妈的气息，因为我深知只有母亲与孩子分享过心跳。恍惚之间感觉母亲安安静静地坐在梨树下，一针一线地纳着鞋底，言笑晏晏，依稀昨日。

一阵东风拂过，我弯下身，拾起脚边的一朵梨花，轻轻地托在掌心，借着直射而来的暖暖阳光静静地端详。隐隐地，鼻子有些发酸。然后，眼前一片模糊。妈妈早已离我远去的现实深深地刺痛着我，我陡然意识到，妈妈再也看不到这世间的梨花了，顿感天地暗淡无光。我的心好像被挖了一个深不见底的黑洞，妈妈从那里掉了下去。而我，无论怎样地思念与呼唤，也填满不了那个洞。“见面怜清瘦，呼儿问苦辛。”此时，我有一种“低徊愧人子，不敢叹风尘”的自责。

我一直忘不了袁先生那天回忆他母亲时寒泉之思的眼神。人在千里，家在心里；家在千里，人在心里。母亲注定要永远活在儿女们的心田里。

春寒料峭，星缀长空，梨花零落。我端着一杯清茶，挪步至老梨树前，希望母亲能嗅到这沁人心脾的芳香。子欲养而亲不待，这种痛，撕心裂肺，穿越时空。

年年岁岁，老屋前的梨花开了又落，落了又开，年年落，年年开，一年一年又一年。

何必怨天尤人

朋友沙孝母先生与我茶叙时，讲了一件小事，引发了我的感慨。

某天，有个小朋友向他请教，怨天与尤人是不是一回事？怨天在前，还是尤人在前？怎样不怨天，怎样又不尤人？

沙先生开导这个小朋友说："我也是从你现在这个年纪走过来的。你要用理性的思维去代替不理性的思维；你要无条件地接纳自己和有条件地接纳他人；你要学会坦然接受现实，但不过分乐观，想办法解决问题，绝不怨天尤人。"

我很认同这个观点。

一个人真正的强大，要从学会控制自己的怨气开始。面对坎坷风雨，有人坦然面对，有人怨天尤人。经常抱怨的人，怨天，天不应；尤人，人不理。抱怨得越多，越是将自己陷入困境。

曾国藩说："牢骚太甚者，其后必多抑塞。"牢骚，是一种抑郁不满的情绪或言语。牢骚，每个人都有，每个人都曾经发过。世界上不存在一点牢骚没有的人。人这一辈子，总会邂逅不如意的人和事，情急之下，难免发几句牢骚，释放一下郁闷的心情，也是人之常情。但是，牢骚不可放纵。人一旦被泛滥的牢骚吞没，将处于十分危险的境地。人生的缺憾，最大的就是与别人比较。

与高人比较，使我们自卑；与不如我们的人比较，使我们骄满。

其实，越抱怨，会越无力；越改变，总是越有益。《论语·宪问》中说：“不怨天，不尤人，下学而上达，知我者其天乎！”能干的人并不是没有情绪，他们只是不为情绪所左右。与其怨天尤人，不如反躬察己；与其抱怨黑暗，不如提灯前行。

我跟沙先生说：“我们不能控制他人，但我们可以控制自己；我们不能左右天气，但我们可以改变心情。控制自己的情绪，学会做情绪的主人，是停止抱怨的最好良方。”

没有人天生就懂得控制情绪，真正的能人，是时刻留意不要让自己栽在坏情绪中。

人生苦短，何必怨天尤人呢？

偶有风吹过

“世事浮沉，人间喧嚣，人们在日复一日的奔波中，似乎丢失了一些能力。比如，可有人沉下心来看一整部电影；比如，可有人安下心来看一本书；再比如，可有人定下心来深度思考。真的还有这样的一批人吗？”陈凤先生问我。

“当然有！”我很肯定地回答他。

“我是做市场营销的，总是感觉到目标性不是很强。那你怎么理解胡适说的，‘怕什么真理无穷，进一寸有一寸的欢喜’？”他又追问一个问题。

“您难道不知道，一口不能吃下一个饼吗？”我建议他还是沉下心来、安下心来、定下心来，一小步一小步地走，一个小目标一个小目标地去实现。等我把山田本一的故事讲给他听后，他似乎明白了许多。

日本马拉松宿将山田本一，先天条件一般，个子又矮，但是，他跑赢了。

1984 年，在东京国际马拉松邀请赛中，名不见经传的山田本一出人意料地夺得了世界冠军。当记者问他凭什么取得如此惊人的成绩时，他说了这么一句话：“凭借智慧战胜对手。”听起来好玄乎。

十年后，在山田本一的自传里，他公开了这个“智慧”：每次比赛之前，他都要乘车把比赛的线路仔细地察看一遍，并把沿途比较醒目的标志画下来。比如，第一个标志是银行，第二个标志是一棵大树，第三个标志是一座红房子……这样一直画到赛程的终点。“比赛开始后，我就奋力地向第一个目标冲去，等到达第一个目标后，我又以同样的速度向第二个目标冲去。40 多公里的赛程，就被我分解成这么几个小目标轻松地跑完了……”

我告诉陈先生，大多数人知道“怕什么真理无穷，进一寸有一寸的欢喜。”这句话，而忽视了后面还有一段话，那就是：“即使开了一辆老掉牙的破车，只要在前行就好，偶尔吹点小风，这就是幸福。”

“我经常有一种力不从心和时不我待的焦急。投身于地板领域三十年，却感觉是扑进了汪洋大海，被未知包围。要怎样努力，才能成为很厉害的人呢？”陈先生对自己的去向产生了怀疑。

“如果你注定要成为厉害的人，那问题的答案就深藏在你的血脉里；如果你注定不是厉害的人，那你便只需要做好你自己。”这就要看陈先生自己的定位了。

一个成功的商人，虽然也会迷茫，但一定程度上是在不断地探索与精进的。虽然一次次跌倒，但只要有股一而再、再而三的势头就好。也许永远达不到大目标，但从未失去对小目标的追求；也许永远达不到所谓的自由，但自由仍是心之所向。

“生于凡世，个人有个人的追求。而关于事业，大多数人的追求无非一个，就是欢喜。你喜欢了，真正融入你血液里了，你会奋不顾身的！”我说。

陈先生若有所思地点了点头。

花开花落两由之

清晨，晨练营里的唐荣芳老嗲嗲准时6点报到。“锻炼不锻炼是假，七老八十的人，每天来看看大家是真，证明我还活着。生在伟大的时代，你看活着多好！”老人风趣地向我调侃。谈到百年人生，让我想起了另外三位百岁老人。

“岂有豪情似旧时，花开花落两由之。”这是杨苡先生家客厅墙上挂着的鲁迅先生一联。

103岁时，杨苡先生还坚持以自己的方式练习记忆，与遗忘“较劲”。早上醒来时，她会回想刚刚做过的梦，打捞梦中的种种细节；她会默写背过的诗，唱出唱过的歌词……这一切都写在手边的写字板，夹着一沓信纸，围绕着她所经历过的人与事，想到什么就随手记下。

一百年对于个人生命来说，是一个何其漫长的数字！一百年的时光，足以物换星移，沧海变桑田。在我看来，能坚挺地走过一百年的人，即使再寂寂无名，也注定是不平凡的，因为他们不仅是人生极致的体验者，更是一个世纪变化的见证者，用自己的身体发肤，承载着岁月风霜篆刻的痕迹。

人生百年，其实大多数人是过不了百年的，杨苡先生是幸运的。我经常听到有人悲观地说：“再过一百年，我们都将离去，对于这个世界来说，我们彻底变成了虚无。我们奋斗一生，带不走一草一木。我们执着一生，带不走一分虚荣爱慕。”今生，无论贵贱贫富，总有一天都要走到这最后一步。但当我蓦然回首，我的这一生是否形同虚度？

历尽劫波世浮沉，回首已是百年身。能活一百年的人，必然都是生活的勇士。“但愿人长久，千里共同途”，杨振宁先生在百岁华诞上的讲演引起了社会共鸣，让我也很受教。他以和物理学家邓稼先先生相识、相知并超越兄弟关系的故事，告诉世人，“人长久”，最最重要的是能够“共同途”。

1971年，杨振宁从美国回到国内。当时除了看望住院的父亲，他还见了很多亲戚和朋友，其中最重要的也是他最亲近的朋友就是邓稼先。那年，邓稼先给杨振宁的信中写道：“但愿人长久，千里共同途。”当时，杨振宁没看懂这句话。五十年后杨振宁回应邓稼先的信，他说：“我觉得五十年以后的今天，我可以跟邓稼先说，稼先，我懂你‘共同途’的意思，我可以很自信地跟你说，我这以后五十年是符合你‘共同途’的瞩望，我相信你也会满意的。”杨振宁与邓稼先的情义多深厚！

某年某月，当我老去，头脑变得混沌，目光开始呆滞，一个人孤零零地活着，人生往后是不是就没有意义了？一辈子真的好短，有多少人说好要过一辈子，可走着走着就剩下了曾经。又有多少人说好要做一辈子的朋友，可转身就成为最熟悉的陌生人。有的明明说好明天见，可醒来却是天各一方。“趁我们都还活着，家人、亲戚、同事、同学、朋友相聚就不要错过，能爱时就认真地爱，能拥抱时就相拥入怀，能牵手时就不放开。你看，一起长大的杨嗲，前面的癌症才开刀，现在另一个地方又查出了一个癌。活着就要看开！”唐嗲与卢嗲相互在开导。

“我们曾如此渴望命运的波澜，到最后才发现，人生最曼妙的风景，竟是内心的淡定与从容。我们曾如此期盼外界的认可，到最后才知道世界是自己的，与他人毫无关系。”这是杨绛先生写在《走到人生边上》中的一段话。一位百岁老人道出了这样的话，无不让我感叹，让人大彻大悟。

“我今年一百岁，已经走到了人生的边缘，我无法确知自己还能往前走多远,寿命是不由自主的,但我很清楚我快‘回家’了。我得洗净这一百年沾染的污秽回家。我没有‘登泰山而小天下’之感，只是在自己的小天地里过平静的生活。”杨绛先生寂静又欢喜地回望着自己的来路，沉默而又从容地看着远方。许是她已经找到了与自己失散多年的“我们仨”中的钱锺书和阿瑗，且迫不及待地想要与他们团聚。2016 年 5 月 25 日凌晨，105 岁的杨绛在无际的夜幕中，安静又平和地闭上了双眼。“世间好物不坚牢，彩云易散琉璃脆。”那位书写过这句话的人，也终于随着琉璃冰盏的碎裂而消失远去。

好好珍惜身边的人，因为下辈子不一定能相识；好好感受生活的乐趣，因为时间转瞬即逝，永不回头；好好体会生命的每一天，因为只有今生，没有来世。活着就是胜利，健康快乐比什么都值钱！

活着的意义究竟是什么呢？“我正站在人生的边缘上，向后看看，也向前看看。向后看，我已经活了一辈子，人活一世，为的是什么呢？我要探索人生的价值。向前看呢，我再往前去，就什么都没有了吗？当然，我的躯体火化了，没有了，我的灵魂呢？灵魂也没有了吗？”杨绛先生一语道破。她的意思很明朗，即人活一世，不过是为了寻找自己人生的价值，再就是培养自己的灵魂。

人生不过百年，时间很快消逝。有幸生活在这个世界上的人，不可不懂得人生真正的快乐，也不可怀着虚度此生的忧虑。生而为人，杨苡、杨振宁、杨绛他们在这匆匆如白驹过隙的时光中，觅得了真正的快乐。然而，对于普通大众，怎样过好一生，是每个人都应该慎重思考的问题。

这，也是我对自己的灵魂拷问。

太阳落山时

朋友杨先生一味地追求名和利竟离开了这个世界。看着他躺在冰冷的灵柩里，面无血色，活着的人也一时无语可出。

我想起了一则寓言：说是有个人去拜访上帝，想要块土地。上帝说，你从这儿往西走，每走一段你就做个标记，在太阳落山之前你回来了，凡是你做过标记的地都属于你了；如果你不能回来，太阳落山时你的生命就终结了。那人就一直向西走去，贪婪使他忘记了上帝的嘱咐，他用尽了气力去圈了一大片地，却也把自己送到了生命的尽头。当他知道自己寿限将至时，他万分后悔，不该舍掉生命作为代价来博得这一片对于他来说已经无用的土地，可是悔之晚矣！

朋友杨先生，就像是寓言中的要土地的人。他在人生最鼎盛辉煌时如昙花一现般消失了，留给亲人和朋友的痛苦和遗憾使人感慨颇多。

这也让我自然而然地想到“生命”这两个字。

谈到珍惜生命，是因为当今社会物欲横流、金钱至上、权力和资本的扭曲结合等一股纸醉金迷的生活方式，正剧烈地荡涤着许多人的灵魂。人生和人性被异化，生命被漠视，生存的本原已经被淡漠，生活的信仰已经被迷失。一些拥有权力和财富的“贵族”正贪婪、疯狂地继续掠夺；一些没有权力和才能的“草民”，利用本能的暴力或诈骗正野蛮地“积累原始资本”；既没有权力、才能，又不敢铤而走险的一般平民，失去心理平衡，患上难愈的精神压抑症。

生命对于每个人来说并不是永恒的。人生短暂，仅那么七八十年，至多百十年，若中途有什么意外，恐怕还活不到那么久，然而这中间有多少人是真正为自己活着？又有多少人真正找到了自我？有多少人为向上爬绞尽脑汁？有多少人为挣大钱煞费心血？其实，与其说你赚了大钱，倒不如说你为钱所赚，因为钱赚走了你的青春、时间、体力和生命。

那些长生不老、青春永驻的话语只是一种善意的祝愿和美好的企盼。说生命是世界上最宝贵的财富，是由于所有的财富都可以失而复得，唯有生命只有一次。但许多人宁愿用它换取那些所谓的财富，却把全部生命耗费在名声、权力或金钱的积累上。

每个生命都是平等的，但人生却各有千秋。物的基础，特别是人的努力使人生形成了千姿百态的弧线。有的如彩虹，高挂寰宇；有的如流星，一瞬间燃亮人生；有的如朽木，苟延着可悲的残喘。

感悟生命，慨叹无情岁月催人老时，应着意让有为人生留芳于世。古往今来，生命的意义并不重于长度，而重于亮度。故国神游，看智绝天下的诸葛亮运筹帷幄；看乘风破浪的祖逖慷慨高歌；看“三十年功名尘与土，八千里路云和月”的岳飞精忠报国；再看那“我自横刀向天笑，去留肝胆两昆仑”的谭嗣同视死如归……纵然英年早逝，却是功业赫赫，青史留名。

大浪淘沙，沧海横流，感悟生命是一种偶然，而死亡是一种必然。珍惜人生偶然的获得，便可无怨无悔笑对必然。“春蚕到死丝方尽，蜡炬成灰泪始干。”尊重必然归宿，便可使生命有声有色，无憾偶然。

珍惜生命，这个题目似乎有一种警世性在里面，总让人联想到生命的尽头。

有的人身患绝症，竟不被击倒，仍艰苦卓绝地抗争，而有的人，不堪一击，说死就死了。生命究竟是顽强还是脆弱呢？

生命，它是很顽强的。就说小草吧，无论是在悬崖峭壁，还是在戈壁沙滩，都能看见它的身影，似乎周围恶劣的环境都不能阻挡它的求生欲望。但它又是脆弱的，每天都有无数生命像流星一样划过天际，消失在茫茫夜空当中。

我常想这样一个道理，即便给你强壮的体魄、充足的营养，你又何以长生不老呢？面对浩瀚无涯而奔流不息的历史长河，我们的生命因其短暂、渺小而备加珍惜，我们实在没有任何理由不珍视生命甚至自我。不管生活中遇到何等重大打击和挫折，比如疾病，比如噩耗，比如挫折，比如罢官下岗等等，比起生命本身，皆是小事一桩！

可环顾四周，懂得善待生命者几何？当然我也不在其外。

“青山依旧在，几度夕阳红。”水中的残红已付东流，风尘中的无奈辗转而去。珍惜宝贵的生命，除却心灵的创伤，“物竞天择”给了我们如火的生命，“适者生存”却使得生命历经百般磨难。

用心灵选择，给人一片绿荫；用意志选择，撑出一方晴空。毕淑敏在散文《我的五样》中，细致地拟出生命中最为重要的五样东西，并逐个删除直到剩下最后一样的艰难抉择的过程。虽为模拟选择，但作者每删去一样，也是历经深思熟虑。每一次的抉择无不令人肝肠寸断，每一次选择在作者笔下都是那么惊心动魄，亦惨亦烈。最后作者墨迹斑驳的纸张上，“笔”字赫然凸现。作为一名作家，笔无疑是生命中的真爱。

选择生命，就等于选择了你自己。我还记得有个故事是这样说的——在意大利威尼斯城的一座小山上，住着一个天才老人，据说他能回答任何人提出的任何问题。当地有两个小孩想愚弄这个老人，他们捕捉了一只小鸟，问老人：“小鸟是死的还是活的？”老人不假思索地说：“孩子，如果我说小鸟是活的，你就会勒紧你的手把它弄死。如果我说是死的，你就会松开你的手让它飞掉。你的手掌握着这只鸟的生死大权。”因此说，你手中握着失败的种子，也握着迈向成功的潜能。我们有权选择成功，也有权选择平庸，没有任何人或任何事能强迫你，就看你如何去选择了。

生命同样如此。

在生命的天平上，有人选择个人的荣辱得失，但是更有人选择个性的释放、国家的繁荣、民族的坚贞气节，而往往正是后面这类人，撑起了生命的长度，拓展了生命的深度，在生命与历史的长河中留下璀璨的印记。

我特别喜欢散文家秦牧在他的作品《回眸人生》中所写的一段话："活着的时候，活得充实，生无所息。死亡的时候死得安详,视死如归。我赞美这样的人生风度,也希望努力做到这样。"

感悟生命，方知珍惜生命是人们一生一世的选择。而珍惜生命就需从时间开始，因为时间是组成生命的原料；珍惜时间就需从不懈奋斗开始，因为奋斗是亮丽生命的砺石。而太阳每天都是新的。

肩摩毂击求财路

正月初五，喜迎“财神”。

凌晨时分，鞭炮齐鸣，铺天盖地，苏北小城的夜空，瞬间火树银花，仿佛整个城市都沉浸在欢庆鼓舞中。

这股狂热的氛围，就像一场不眠不休的盛宴，人们沉浸其中，尽情祈福美好运气的到来。

记得去年大年初五，杭州灵顺寺曙光未现，凌晨3点50分，香客蜂拥而至。寺内外人潮涌动，摩肩接踵，求财之人多达数千人，其中还不乏众多的小青年。一日之间，灵顺寺门庭若市，台阶踏平。

在朋友圈里，我看到了两张对比照片，一张是去寺庙路上的照片，车马如龙，拥堵不堪；一张是去图书馆路上的照片，一路走来，形单影只，所遇之人，皆在心里。求财路上熙来攘往、肩摩毂击，而求知路上却人烟稀少、人迹罕至。同样是路，莫非求财真的比求知更容易？

求财与求知，最重要的是要分清“道”与“术”。有人背道而驰，有人相向而行，两个方向，两种结果。有的人是在不断地寻找风口，最后成为一只可以飞起来的猪；有的人则是在默默地做着自己的事情，结果就成了一个风口；还有的人是一直在不断地寻找风口，却在其中丢失了自我；而又有的人呢，则是在执着于做一件事，结果却被时代所“淘汰”。

父亲一辈子也是只做了一件事——在兽医站做兽医。他走了一辈子的路，退休后还是回到农村。对此，他不以为然。他认为这不是淘汰，也不是逃避。他认为他是人生赢家，因为他爱这个家，深爱脚下这片生他养他的土地。

今天是正月初五，财神日。我没有去迎财神，而是选择在这个阳光明媚的日子,下乡看望父亲这个“老财神”,陪他说说话。

人生的路，深一脚，浅一脚。悲伤在路上，希望也在路上；疲惫在路上，欢喜也在路上。我不知道，老父亲走过的路，究竟算不算成功。但我知道，他是努力的。平时不善言辞的他，难得在大半天里，与我说了很多过往的人和事。那些人和事就像老照片，在泛黄、破损，但是每一帧里都是故事。

傍晚时分，窗外一抹夕阳正在缓缓消失。看着父亲慢慢地摘下头顶上的防冻帽，像是渐渐合上一本厚厚的书，我长长叹了一口气，脸上不再有微笑，眼眸里有一丝泪花掠过。

老父亲跟我说，自己的路自己走，求财神，不如求自己。八十年了，八十年艰难危险的逆袭路，他勇敢地走过来了。他说县城的路与乡下的路，他都走得很坚定。透过他的泪花，他在遥想啥呢？与其说他在想，还不如说他什么也不想了。老房子不想翻新了，门口的晒场也不再天天清扫了，小菜地已经没有力气去翻种了，就是到银行存个钱，三公里的路，我的老父亲也走不动了。他的峥嵘岁月，何尝不是一生的辛酸路？个中滋味，唯有他自己最清楚。

每个时代都有每个时代的特点，每个时代的每一代人有着自己的故事。面临不同的实际状况，有时，我们无法给出一个标准答案。很多问题，其实是没有标准答案的。

晚上，我和太太去电影院，看了一场今年开年特别火爆的电影《热辣滚烫》。巧了，无意间，我却从电影里找到了正确答案。

三年前的贾玲，拍了一部电影，送给早逝的母亲。三年后的贾玲，又拍了一部电影，送给变得更加强大的自己。一部作品真正令人感动的，是隐藏在背后的意义和融入其中的诚意。

成年人之间，不向别人诉说自己的苦难，是一种美德。电影《热辣滚烫》讲的不是减肥，也不是拳击；不是历经磨难的成功，而是毫不矫情的努力。一个灵魂高尚的人，可以苦大，但不会仇深。求人不如求己，自渡者天渡，你尽管努力就好！这部电影给我留下了深刻的印象，它提醒每个人，要珍视自我发现和自爱的过程。

一个人的人生，如果没有努力，甚至连真理是否存在也认识不到。芸芸众生，又有几个人能回头思考这个问题？一个人要走什么路，并不完全是自己可以选择的。就像我小时候要去上学，不管下雨下雪，都要走那段充满危险的河边小道。况且，这个世界上又有哪条路没有危险呢？

其实，人活在世界上，之所以比其他动物聪明，就在于人是懂道理的。然而人与人之间又活出了差距，也在于人与人之间在明事理方面有快慢和深浅之分。贾玲就是有力的例证。

忙碌的生活中，人们往往容易忽视自己的内心需求。我知道，智慧能满足人深层次的认知需求，也可以除惑解困、格物致知，而《热辣滚烫》告诉我，只有明世间常态规律，看透事物之根本，谨怀谦卑敬畏之心，才能不断提升自我修养，才能找到生活的方向。

我们身边的每一个人，都有自己的路。当站在人生的十字路口时，我们眼前经常会出现两条路：一条看似平坦宽广，一条则是荆棘丛生。多数人往往都倾向于选择那条容易的道路，因为它不会迫使你面对太多未知。但是，如果思考得更长远一些，选择所谓的容易之路是否真的对你最好？

现实中并不总有泾渭分明的路。但是在我的心中，也确实经常面临向左转还是向右转的选择。有时候我明明知道某一条路会有更多的收获，可是一不留神，我就会被怕苦怕累的那个“自我”打败。原来，我真正的对手，其实恰恰是我自己。

父亲说：“当我回望自己人生的时候，最值得自豪的永远是我走过的困难与挑战之路。这条路造就了我独一无二的人生故事，无论对与错，一生无悔。”

大年初五的财神日，更是我破译了求财与求己之真谛的好日子。

第二辑

人生，是一种雕刻

人生，是一种雕刻

“每天比别人多工作两小时，一年就多了 730 个小时，50 年就多了 36500 个小时，也就是多了整整 1520 天，差不多延长了 4 年的生命！这是每一分钟都有效的生命！”每天早晨五点左右，当人们还在梦中酣睡时，朱永新先生已经挑灯早读了；当人们起床洗漱时，他已经工作了两个多小时。

清晨耕耘，静谧而充实。等坐到早餐桌前，朱先生有时会忍不住向家人炫耀：“看，我都已经写好一篇约稿了。”

生活不是一种刁难，而是一种雕刻，时间夺走了我们轻狂的眼神，却给予我们以嘴角上扬的资本。朱先生是我们本地走出去的杰出乡贤人才。他太太戏称他的人生就像雕刻出来的一样，毫无偏差。

一个苏北小镇上的农村孩子，背着一个自制的小木箱，怀着欣喜、好奇，甚至还隐藏着几分胆怯，踏上了苏州的土地，来到了一所当时叫作江苏师范学院，数年后更名为苏州大学的学校。这个孩子，就是 1978 年的朱先生。作为恢复高考的首届大学生，他在苏州大学毕业后留校、娶妻、生子，教书、读书、写书……1987 年任苏州大学教学科学研究室主任，1997 年从高校升至苏州市副市长，分管文教工作；2007 年调入民进中央任职……理想当帆，勤奋作楫，每10年一跃，畅游于人生大海之中。

人生就像一杯没有加糖的咖啡，喝起来是苦涩的，回味起来却有久久不会退去的余香。朱先生是值得我敬重的大家，尽管身居高职，为人却低调到尘埃里。他从不攀比，从不计较，从不大惊小怪，乐观开朗，默默跟随着自己的轨迹，走自己的路，不问西东。更加可贵的是，他知道如何与自己和解，所有的负面情绪就像是用过的纸巾一样，永远不会被他紧紧握住。

《菜根谭》里说："伏久者飞必高，开先者谢独早。知此，可以免蹭蹬之忧，可以消躁急之念。"其实，真正的高手，大都是厚积薄发的。一直默默做事，等力量积蓄到一定程度后，便一发而不可收。成功自然是水到渠成。这让我想起了唐宋八大家之一的苏洵，27岁才开始发奋读书，之后更是闭门苦读20年，年近半百，带着苏轼、苏辙一起进京科考，从此名扬天下。真是万里长城的建造非一日之功，肯坚持的人，才是胜利者。

我理解的"厚积薄发"，就是台上一分钟，台下十年功。昨天在网上看到一则有趣的故事。一家公司有台设备出问题了，公司所有的技术人员都修不了，于是找来国外专家。专家开价一万美元，到了现场只是找了个地方打了一根螺丝就搞定了。有人质疑专家收费太贵，专家说："打一根螺丝收费1美元，知道该在哪里打螺丝收费9999美元。"这就是典型的"厚积薄发"的例子，没有对设备通盘全面的了解，想解决问题是不可能的，不然其他的技术人员怎么不赚这个钱？

有人说，世界上没有一蹴而就的成功，也没有轻而易举的光芒，那些惊艳了时光的结果，都是坚持的力量。东晋时，王献之一出生就活在父亲王羲之的书圣光环下，长大后难免急于在书坛打出自己的名声。十四五岁时，他的书法已经很出色，但比起父亲来，还是远远不够。于是，王献之主动问父亲：“如何才能把字练得更好？”王羲之指着后院的十八口大缸说：“当缸里的水被你磨墨写字用完时，字就练成了。”王献之听后，不再急于求名，一心专研书法，最终被世人誉为书坛“亚圣”，留名千古。

“十年树木，百年树人。”人不经磨炼，不经挫折，要有所成就很难。比尔·盖茨，从 13 岁开始接触世界上最早的电脑终端机，等他 20 岁创办微软时，用 7 年的时间一直练习编程；莫扎特，从 4 岁开始练琴，到 21 岁写出许多经典作品，用了 17 年的毅力去坚持。不驰于空想，不骛于虚声，而唯以求真的态度做踏实的功夫。我想，人的名声从来不是大声吆喝就可以得到的，需要把眼前的功夫做到家，用时间来沉淀与考验，该是你的就是你的，不是你的强求也没用。

人生没有随随便便的成功。导演王家卫说：“要达到一定水准，慢和时间都是必需的。”当我们与时间为敌，每一分每一秒都是煎熬，更别提实现目标；当我们与岁月和解，一举手一投足尽皆美妙，成功是水到渠成。

“你的行囊里什么都可以少，就是不能少了理想……只要你拥有理想，你迟早会找到自己的道路。”这又让我想起朱先生在写给儿子的几封长信中，谈理想、谈人生，很少谈及生活的琐细。其实，面对现实的磋磨时，朱先生有着更柔韧的坚硬。家人、同事、朋友从未见过他灰心，哪怕偶尔颓废的样子。展示于人前的，一直是那个自信、昂扬、饱满的理想主义者姿态。

将坚韧刻进生活，时光从不辜负任何真诚的努力。路要一步一步走，字要一笔一画写，欲速则不达。

不着急，沉下心。把眼前的功夫做到家，未来才可期。这是朱先生的成功之道。

又见南国荔枝来

盛夏的黄昏，看落霞流彩长天，任晚风轻抚面庞，心头似乎总有一种念想挂在远方，且笃定不囿于内心的清凉。

傍晚时分，接到快递小哥的电话，说是有我的一个快递，存放在小区门口的超市里。最近似乎并没有买什么东西，怎么会有快递？正纳闷间，潘广海先生的电话打了进来，说是从老家寄来了一箱荔枝给我尝尝鲜。

“世间珍果更无加，玉雪肌肤罩绛纱。”这是源于太平盛世时的奢华。我的眼前立即呈现出红中带绿、剥皮后雪白娇嫩的荔枝画面，心中禁不住期待起来。

晚上加班结束回家时，虽然时间已经不早了，可我还是忍不住推开超市的门，匆忙把这箱荔枝搬回家，又迫不及待地打开。荔枝不多，被保护得很好，箱子大多的空间被冰袋占据着。见果身外壳毛刺上还带着湿漉漉的冰水，保持着刚从枝头上采摘下来的新鲜。

剥开一颗含到口中，嫩甜中带着微微的荔枝特有的涩味，轻咬一口，汁水瞬间浸满整个口颊，甜蜜也随之充漾着心房。品尝之余，忽然联想到桃园三结义的刘关张，红色的荔壳似红脸关公，白色的荔肉似白面刘备，黑色的荔核似黑颜张飞。这使我回忆起与潘先生的友谊与往事。

潘先生是一位资深乒乓球教练，老家在广州。我们俩因乒乓球而结缘，因工作和地域的关系，平常也很难见上一面，只是偶尔相遇，或我去广州，或他来大丰，一起喝喝茶、切磋切磋球艺，偶尔外边来了什么朋友，还一起喝杯酒……

最近正红火的新东方主播董宇辉有个金句：玫瑰送情人，并不是玫瑰它本身含有爱，而是你在它身上有了付出，它才有了爱的价值。

现如今信息和交通发达，让人们表达爱意和友情更加方便，然而有些人却在忙碌间似乎看轻了这些。其实，爱情也好，友情也罢，都需要保鲜，恰如这远方来的被细心保护着的荔枝。现代的快捷物流，穿越篱下桑田，连接清风皓月，让这种“保鲜”更加便捷，恰似潘先生的率真与细腻，直抵我心。

其实不仅荔枝，曾经的只听说过名字的各地水果特产之类，很多在我们小区门前的店里就有的卖。自己买来的自然也新鲜也很好吃，但那只是水果特产的味道。潘先生的荔枝里，我品尝出更多的是浓浓的牵挂。

“千里送鹅毛，礼轻情意重。”人与人之间的交往，不在于礼轻礼重，而在于真诚与否，简单朴素的礼物往往更能打动人心，也让人与人之间的关系保持纯洁，一如荔枝剥开后的晶莹剔透，愈显珍贵。

今日这黄昏、这短夜、这清凉，注定属于远方的朋友……

白酒半两

“我过去坚决不喝酒，坚持了40余年。今年开始打破了规矩，现在中午喝330克啤酒，晚上喝酱香型白酒半两。过去坚决不喝酒是为了健康，现在打破规矩适当喝点酒，也是为了更有益于健康！”

“我父亲一辈子都适度喝酒，每日三顿都要喝二两米酒，但从不酗酒，活到83岁。”

“我不劝你喝酒，也不支持你戒酒，适当喝点酒，还是有利于健康的！”

刘志南先生是我的老师，他从贵州六盘水市发来手机信息，劝我适当饮酒，一片真心，甚是感动。

我不喝酒，不能喝酒，不会喝酒，最主要的是酒量小、酒胆小、酒力小。“三小”饮酒人实在没有办法见“大世面”。

志南老师是湖北武汉人，一生独爱乒乓球，打球、摄球、宣球是他的三绝。

2017年，我们在北京通州的一次全国乒乓球大赛上偶遇。彼时的他，身背录像的全套装备，义务为广大乒友免费照相、录视频，待人热情，服务周到。第二天赛事间歇，我们畅谈了近两个小时，又切磋了一个小时。缘份让我们的心从此走到了一起。以后的日子里，经常线上线下多次往来。

三年前，我的一个电话约请，志南老师从武汉来到盐城，朝夕相处了五天,让我们的感情又增加了不一样的色彩。分别后，我们多数情况下是电话和手机短信联系，他更多关心的是我的身体、工作、家庭，但每次必聊的是各自的兴趣爱好。

志南老师是一个快性子人，很有个性，讲话快、狠、急，三句话不投机，“火气”直冒，但心肠软，相处时间久了，大家都能理解。在中国凉都六盘水市，志南老师自费建立了中国凉都“追梦鑫乒旅驿站”，为全国来凉都乒乓旅游的朋友服务，做起了他退休后的一大公益善事。驿站面积比不上大的俱乐部，但在他的精心设计与亲手打理下，小小空间大有作为，奇迹般形成了含多间卧室、厨房、客厅等一应俱全的组合设施，另外还建成了颇具规模的乒乓球馆。

今年夏天，新疆、湖北、江苏的多支球队抵达驿站，驿站为乒友提供了一个落脚、歇夏、旅游、切磋乒乓球的自由家园。

志南老师多才多艺，在不同领域里多有建树。他当兵多年，在后勤部门积累了丰富的管理经验与技能，所以经营一个驿站驾驭自如、手到擒来，一个人兼任管理、采购、炊事、清扫、修理等诸多职能。在饮食起居上服务周到，讲究健康理念，荤素搭配，按客所需，主副食多品种，酒水自取，老少皆宜，且绝不吃剩饭剩菜，房间内常备水果饮料。在此居住的朋友，都有一种宾至如归的感受。昨晚用手机信息聊天，他悄悄告诉我，每年他都要倒贴五、六万元的退休工资，为来此的朋友服务。

他说，退休了，总要为社会做点贡献，体现人生价值，自己付出一点，也没什么，开心、高兴、快乐就好。

我和志南老师虽相隔千里，这些年来感情愈增。今天晚上收到他的手机短信，内心总有些激动。我们之间无亲无故，没有任何一点点私心交往。他作为大哥，总是把我当作家里的小兄弟对待。特别是工作上，经常为我加油鼓劲；生活上，总是提醒我劳逸结合，注意身体，不要忘了晨练；爱好上，时不时地把他的“秘诀”悄悄地传授给我，让我的技能大增。

兄弟，不是说说而已，而是心永远在一起；兄弟，不是酒桌上的朋友，而是私下里的挚友。我和志南老师从相识、相信，到相知，相互理解，相互尊敬，相互信赖，相互支持。从此，我们兄弟结上了缘，这是一件特别幸福的事。什么是老师，这就是老师！什么是大哥，这就是大哥！什么是朋友，这就是朋友！

如果要用什么来形容我这位良师益友，我觉得，志南老师是花朵，绽放自己，芬芳世界。我觉得，志南老师是星光，闪耀自己，照亮他人。

半两白酒说的是一个量，看起来不多，适度才是最重要的。志南老师如我们一样是凡人，我心里总是欢喜地念叨他。

白月光与朱砂痣

“《岁月留痕》与《爱是免费的》两个书名,哪个最好?”“没有最好,只有更好!”与成都朋友宗柏山先生“围炉煮茶”时,聊到他最近写的一本书。书里的一个重要角色是他的女儿。

“人生最美好的事,就是上天对我的眷恋,让我遇见了你,你免费给了我一份温暖的回忆。那一瞬间,就是一生最美好的场景。”这是宗先生女儿与女婿爱情的见证词。由书到见证词,我想到了一个字,那就是“爱”。

爱是免费的。我观看了王潮歌执导的《只有爱·戏剧幻城》后,也有同样的感受。那份风雨同舟的深情,那份相濡以沫的挚爱,那份心灵相约的期盼,正是我们生命中最深切的感受与最坚实的依靠。白月光爱而不得,朱砂痣弃而不舍。这一切,都可以是免费的,更是金钱无法能买到的。

“我就一个女儿,女儿是我的宝!”“我以为《爱是免费的》更适合。”为什么呢?尼尔·帕斯理查早就给出了最合适的答案:“生命中最美好的事都是免费的。真正的幸福不是惊天动地的事,而是懂得发现生命中的小美好,过自己想要的生活。”

本来聊的是文学,却扯到“免费”这个生活话题,并引申出哲理来。

生命中最美好的东西，都是钱买不到的。我知道，我们生命中不只有柴米油盐，也不仅仅只有平淡琐碎，那些愉悦的笑靥和感动的泪光，亦都是人生给我们最美好的馈赠。

阳光是自然界中免费的礼物之一，它带给我们温暖、能量和愉悦。空气是免费的，一个人只要活着，就需要源源不断的空气，每个人都离不开空气的给予。可从古至今，又有谁为这不可缺少的东西买过单?

笑声也是另一种免费的礼物，它可以瞬间打破我们的忧虑和压力，让我们感到轻松和愉快。友情是生命中最珍贵的礼物之一，没有什么比与朋友在一起免费分享快乐的时刻更有意义了。

第一次听到有人对你说“我爱你”；有人为你而骄傲；真心诚意的一个道歉；回家看到宠物爱你的眼神；刚割过的草坪的香味；看一场日出或者日落；听海浪拍在沙滩上的声音；与爱人久别重逢；好奇心；看星星；酣畅淋漓地跑一次……这世界上还有更多更多的免费馈赠。

我与宗先生有一致的观点。在这忙碌纷繁的都市中，有许多人的心，已渐渐遗失了对美好生活的想象。有时候，他们会忘记那些令他们会心微笑的小事情；有时候，他们会不自觉地感觉世界正在崩塌、陷落，幸福已经成为久远的传说。但事实上，美好的事情一直都围绕在他们的周围，而且全部都是免费的。

其实，我们的生命，这个最最珍贵的存在就是免费的。你看，支持我们生命得以延续的必需品如阳光、空气和水；时刻保护着我们的地球；带给我们生命、为我们无私奉献一切的父母；身边的亲情、友情与爱情……这些最重要而美好的都是免费的！

不花钱的幸福太多了，只是被我们匆忙追赶物欲这只“小野兽”的时候忽略掉了。什么时候，当我们追赶的脚步慢了下来，生活的本身有了更多的超越物欲的空间，眼神清澈起来，心境单纯起来，才会真正地接近幸福吧。

我记得《西游记》一书里有一句话：识此宝者，分文不取；不识此宝者，千金不卖。意思就是，世界上很多好东西，真正懂它的人，根本不需要花钱就能汲取它的养分；而不懂的人，你花再多钱，也买不到其中的智慧。

宗先生说：“生命中最美好的事物全都无需花费一分钱。最无价的，其实是我们握在手心的时间。”时间是每个人都拥有的，我们不需要为自己的时间付出金钱，但是，寸金难买寸光阴，失去的就回不来了，所以它也是最昂贵的。此刻，宗先生想花大价钱买回他老父亲的生命，哪怕在这个世上多待一天，但是，已不可能了。

也许免费的，也是最贵的。不要给自己的人生留下遗憾。拥有了就得小心翼翼地对待，既不能忽视，也不能挥霍。因为一旦失去，就再也没有了。

人还是要勇敢一点，勇敢地去追随自己的心灵和直觉，只有自己的心灵和直觉才知道你自己的真实想法，其他一切都是次要。乔布斯说得好：“你的时间有限，所以不要为别人而活。不要被教条所限，不要活在别人的观念里。不要让别人的意见左右自己内心的声音。”

眼前的这份美好不要钱，但关键问题是，不是每个人都能懂得这些东西的珍贵。他们总认为珍贵的在远方，所以一直往外求。

“前几天母亲节，女儿给她妈妈转了一个 5200 元的大红包，老太婆笑着说，我的钱用不掉，我要那么多钱干吗？我们还是一同向内求，过自己安稳的日子好！”宗先生笑着跟我说。

是的，世间最美好的事物，很多都是免费的，也是无价的。白月光惊艳了时光，朱砂痣温柔了岁月。宗先生的女儿遇到了白月光，后者又成为一辈子陪伴她的朱砂痣。

我看着宗先生笑意盈盈的眼睛，默念，幸福也是免费的。

功在壶外

我仰慕季益顺大师已经许久了，今天，终于来到陶都宜兴季畅园，来感受一代紫砂大师的紫砂陶作品。

没来之前，我听朋友杨息军先生介绍，在太湖西岸、江南宜兴丁蜀古镇黄龙山北麓一公里处，有一座范蠡偕西施制陶的大型雕塑。其东侧有一片气势恢宏、白墙黛瓦的江南古典园林建筑群，园内曲桥流水、楼台亭阁伴着花香鸟语掩映于山石绿荫间。高大雄伟、精雕细刻的砖雕门楼和飞檐下，是范曾先生亲题的“季畅园”三个遒劲书体，让人肃然起敬。

到了季畅园我才知道，季畅园取季姓，名畅园，源于园主中国陶瓷艺术大师季益顺先生的神思超然，更是他数十载艺术博畅、奋斗积累的硕果绽放。

人不能征服自然，但是可以读懂自然，亲近自然。参观季益顺大师紫砂博物馆时，我才真正感受到在大师的创意作品里，大自然的一切,都是人类的朋友。息军先生一边走一边向我介绍，季益顺园主和他的团队在紫砂艺术的沃土里神畅耕耘、薪火相传、勇往直前。

晚上茶叙时，终于见到了主人，甚是开心。季益顺大师介绍自己的故事，娓娓道来。原来，在 20 世纪 60 年代的宜兴丁蜀镇，蜀山的老街上，家家制壶，人手都会有一把寿星壶。正月初七那天，一孕妇难产，家人急中生智，把寿星壶往地上一摔，孕妇受到惊吓，婴儿顺利诞生。

谁曾想，多年以后，这个婴儿已经是中国宜兴有名望的人物，紫砂四小龙之一，亦是中国工艺美术大师。这就是我眼前的季益顺大师。冥冥之中，他注定与紫砂有着解不开的缘分。

大师工作了大半生，他从社会中获取青睐，也把自己所能贡献的回报给社会。捐款、捐壶、紫砂拍卖，他说，这些微不足道的小事使他的人生更有意义。

从季益顺大师柔和的眼中，我看到了做壶和画画一样，一定要具备很多的前提条件。做壶眼高手低不行，手高眼低也不行，天赋加勤奋，技艺基本功加艺术理论修养，是艺术家成功的公式。如今已经不年轻的他，希望能把技艺传承下去，培养一批后起之秀。

“我父亲是当地的竹匠，姑姑是制壶的民间艺人，从小的耳闻目染，陶艺就成了我生活中不可缺少的一部分。古南街浓郁的紫砂文化熏陶着我的童年，使我从小就显现出区别于旁人的天分，更为我以后的发展奠定了基础。”

“1978 年，18 岁的我顺利进入享有大师摇篮美誉的江苏省宜兴紫砂工艺厂，师从著名紫砂陶艺名家高丽君、王小龙学艺。高起点的技艺培养，使我练就了一手扎实、过硬、全面的手工制壶技艺；长时间在厂内的学习，也使我的做壶工艺突飞猛进，愈发专业。”大师抿了一口茶，继续回忆自己的童年。

生于陶都，长于蜀山，一方水土，成就了季益顺的紫砂艺途。他重视传统的继承，更注重艺术的创新。深谙传统是紫砂的根脉，创新是紫砂的生命，文化是紫砂的灵魂。他的作品，造型独特、情趣灵动、形神皆美，开创了当代紫砂“益顺风格”，并形成了当今紫砂新的流派。

许多制壶人想要“读懂”季益顺大师，以便破解制壶和经营的秘诀。如果真的存在一份成功的秘方的话，季大师将成分表概括为：天分＋努力＋思维。

天分和努力自不必说，何谓思维？季益顺大师用一个生动的小故事作为回答。新世纪以来，台湾回流壶兴起，当时有藏家及经销商找他开证书以便向大陆回销“季壶”。季大师当机立断，坚持以高价悉数回收自己的旧作。那时，“季壶”的价格已经涨得很高，“低卖高收”，许多圈内人暗暗觉得季益顺的“买卖”做得很“憨气”。

季大师称，他回收旧作实则是充满理性的选择。“季壶”的价格始终坚挺，没有发生不健康的波动，保护了藏家和艺术家的长远利益。回收“季壶”看似“吃了眼前亏”，其实是一笔卓有远见的投资。大师回收这批旧作，证明了他具有前瞻性的眼光、超人的胆略与坚定的艺术自信。

我知道，宜兴紫砂酝酿于宋，起源于明，初盛于清，数百年来陶火不熄，至鼎盛于当代。紫砂的发展史源远流长，在不同的时代背景下，紫砂人走出了具有时代特征的从艺之路。

“大道至简，巧思如玉。”季益顺大师端起茶杯，开心地又跟我说：“宜兴紫砂人的制壶理念坚持的两大原则是时代特征和人文追求。”这与钟灵毓秀的江南山水脱不开关系，更是季益顺心有所向的具体表征。在他心里，紫砂与茶，便是与山河湖海、花鸟鱼虫为一体的，是这些构成了一幅和谐的自然画卷。也只有心里想着如此世外桃源景象的人，才能做出如此与之相应的壶。

艺术是百花齐放的。方有方的精神，圆有圆的韵味，花有花的诗情画意，紫砂艺术界没有一个人能说自己做得最好。在漫长的历史长河中，紫砂艺术大师灿若星辰，令人仰望，如今正值盛世，紫砂艺术的发展也达到了前所未有的高度，不仅仅在于紫砂陶产业的规模，更在于各种风格的大师名作层出不穷。

陶都宜兴，物华天宝，人杰地灵，是蜚声中外的千年古城。作为城市名片的紫砂壶，更是世人争相追捧的艺术精品。一把小小的紫砂壶承载了这个城市千年的文化积淀，成为这个城市广为人知的最好写照。千年的制陶史，留下了丰富的紫砂陶作品，能人巧匠灿若星河。中国工艺美术大师、中国工美行业艺术大师、第一批研究员级高级工艺美术师季益顺先生，就是这星河中的一颗璀璨明珠。他用自己的勤奋与天赋创作了数百件传世之作，书写了属于他的紫砂情怀。

“功在壶外”是季益顺大师始终贯彻的技艺准则。我想，这也是我从他身上学到的精髓之所在。

晨练时光

一岁年龄一岁人，几度春秋几度心。

春节即将到来，不知不觉，时光有情又无情地把人们抛到身后。这个时候，大多数人都会停下脚步，回顾这一年的历程，不免五味杂陈，感叹岁月不饶人。

晨练营是早上一起晨练的一群人自发建起的营地。

每天早上 6 点，准时来开门的卢国平老哆嗦风趣地说："当年我 64 岁走进晨练营，现如今 75 岁了，晨练 11 年，开心 11 年，好像还是 64 岁，也没觉得自己多老！"

"还没好好看看这个世界，眼睛就花了；柴米油盐半辈子，转眼就只剩下满脸的皱纹了。老骨头一把，一转眼，我也 74 岁了，每天早上还来转转！"故事家唐荣芳幽默地回话。

不问时间都去哪儿了。人生没有最好的年龄，只有最好的心态。无论到了什么年纪，无需抱怨，只要相信，一切都是最好的安排。

一转眼的工夫，晨练营建营 11 年了。时光悠然，华年似水，冬去春来，岁岁年年，日月穿梭，光阴的褶皱深深镂刻进每一个晨练人的脉络。

"晨练营里的人，个个精气神十足，不管是朝气蓬勃的小青年，亦或是白发苍苍的老者，从未被年龄限制，11 年时间举办了一期全国大赛、三期全省大赛、一百期区级比赛。每个周日的早上，轮流做庄请客，品尝 8 元钱一碗的家乡特色鱼汤面，营里的小日子过得热气腾腾！”施建豪大队长对晨练营的氛围甚是赞同。

不管多大年纪都无所谓,无非就是个“恰到好处”的人罢了。也许在平日忙忙乎乎的生活中，晨练人早已经将年龄抛于脑后。即便是有人提醒，或是什么事情触动一下，忽然记起了自己的年龄，也只是有那么一会儿的怅然，很快就过去了！

早上晨练时，陈学生主任讲了这样一个小故事，令人回味。有一位 81 岁的老人，因为一起晨跑的老朋友突然去世了，心情十分沮丧。后在家人的建议下，从零开始，他把每天一早起来学习画画作为一种晨练，从此一发不可收。后来他终有所成，在 101 岁的时候举办了个人画展。谈起成功的秘诀，他说，忘记过去，忘记束缚，抓住早上时间，忽略年龄，全身心投入。

年龄是什么？年龄让晨练人学会了选择与放弃。在纷繁复杂的事物中，晨练人早已理清什么是主，什么是次，哪些是轻，哪些又是重；晨练人既不自命清高，也不会随波逐流；晨练人学会了豁达与感恩，放下了抱怨与计较，拾起了承受与责任；晨练人懂得了控制自己，善待自己，他们更加珍惜每一份情感，更加热爱平静清淡的晨练时光。

人生有无限可能，真的不必太纠结年龄，也千万别为年龄所困住。晨练有多种方式和形式，武汉一位 70 岁的老爷爷，每天早上在路边一边卖鸡蛋，一边读英文版的《高等数学》。这位老爷爷，是上世纪60年代的物理系大学生，后来在高校里教了30多年书。他退休后闲不住，想找点有意义的事儿干，就每天早上一边卖鸡蛋，一边学习。年龄不是问题，有乐趣地把早上时间有效用起来，这才是晨练的“王道”。

如果你把年龄抛在脑后，它可能就真的只是一个数字而已。人生永远没有太晚的开始，真正高级的年龄观，就是忘记年龄，始终怀有生活的热情。

晨练营里年龄最小的要数宋健书记，1997年出生的，年轻有为。小宋书记如是说:“晨练的光阴是静简的，岁月是生香的，我静坐在岁月的岸边，拈一片落叶，让晨光去风干我的心情，用流年的烟火去挥舞我的热情，这便是岁月欢愉了。”小伙子用最浪漫的情调，来诠释最宝贵的晨练时光，犹如早上升起的一缕阳光。

忘记年龄，讨好自己，用自己喜欢的方式展开每一天的晨练时光，是惬意的，也是幸福的。

“掼蛋”新思

浙江杨永兴先生来电话，谈起疫情后时代的投资，说投资如掼蛋，掼蛋亦似投资。

四人一起掼蛋，会组成一场充满变数的牌局，每个人的牌都是随机的，对家和对手的水平也大都是不确定的，即使水平都很高，也未必能够配合得好，赢得了一大局。如果不是四个人，是十人、一百人、一万人一起打一副大牌，局势可能更不一样了。杨先生做企业搞投资多年，深悟投资之道。

“即使一个投资团队的素质和创业团队的素质都过硬，也离不开国家大势和行业及企业本身的种种因素，还会有相关机构的监管、竞争对手的反应等诸多不可控的因素影响，一旦出现业绩萎缩或者上市延时，那么最终便不知道项目是否能够成功。掼蛋也一样。”杨先生业余时间独爱惯蛋。

掼蛋作为当下广为流传的扑克牌游戏，和人生中很多通行的道理一样，需要灵活运用，慢慢修炼。所以，杨先生跟我说，掼蛋如人生，一样一样的。

现在想想，还真有点道理。无论你多会记牌，多会打牌，都抵不过人家手中的一把好牌，这说明实力比能力更重要。如果没有一张大牌开路，最顺的小牌都出不去，这说明领导很重要。

如果一堆小牌连不起来，即使拿到“双王”也未必会赢，这说明再牛的领导也需要一支优秀的队伍。“小王”一般都被“大王”拍死，这说明副职一般不是最后说了算。必要的时候即使拆散自己的牌也要送走搭档，这说明在一个团队里关键时刻为了大局有必要做出自我牺牲。四个“王”在一起天下无敌，但是拆开了，即使最小的“炸弹”也能将其拍死，这说明领导班子团结很重要。打几,几是主,一对红桃任意配,唯独不能配大小“王”,这说明“大王”是“大王”，“小王”就是“小王”，配角永远是配角。为什么最后五张要报牌？因为最紧要处只两三步，一招不慎,全盘皆输,这说明决战只需一剑封喉。配牌是个人技巧,配合却是你我之间的默契，这说明茫茫人海，知音难觅。

你再看看，有的人抓了同花顺，有的人抓了大小“王”，有的人“炸弹”满天飞，而有的人顺子都难齐。可不一定是抓了好牌的人就是赢家，也不一定牌差的人注定是输家；关键在于你如何安排，如何排兵布阵，如何洞察，如何巧妙组牌，如何保持努力前进的步伐。

生命没有同花顺，人生的底牌永远是自己。靠自己苦点，却很踏实；靠自己累点，却很安心；靠自己灵活的战术，有时候也能赢得自己的顺心。但有些人有一把好牌，却没有打好，其实也不能全怪他自己牌艺不好，也有可能是对方技高一筹。

人生与掼蛋有如此多的相通之处，掼蛋游戏中蕴含太多人生哲理。“投得起资，也掼得了蛋！”这是杨先生的口头禅。在现实生活中，想得开，放得下，一切会风轻云淡。上手简单，越打越难的掼蛋，已成为人们茶余饭后的“心头好”。那么，掼蛋是什么呢？每个人给的答案不一样，有很相近的，也有不一样的。万千掼友，有无尽的“白月光”。掼蛋如此，人生不也是如此吗？

一手好牌固然重要，如何发挥人的实力才是最大的学问。品味人生，不妨“掼掼蛋”，或许你可以从中悟出很多。人生如掼蛋，只要尽力而为，尽心尽责，上游开心，下游也开心。杨先生的理解是，“人生如掼蛋，该出手就出手，努力向上，积极进取；人生如掼蛋，摆正自己的位置，扮演好自身的角色；人生如掼蛋，携手同行，合作共赢。”

杨先生谈掼蛋，理在事先。变则通，通则赢。

长胶王子

1

金庸的武侠小说曾经是我小时候的最爱。

元旦假期期间，我又拿出当年爱不释手的《射雕英雄传》，重拾过去的记忆，却发现以前读书或是看电视剧时，有好多东西都没思考过。小说中，黄药师号称东邪，他通晓各类知识、武功登峰造极，天下能与之匹敌的人屈指可数。

而在业余乒乓球的圈子里，原名尹书灿的黄建疆，也被人们称之为“东邪”，又名黄老邪，与北京的王茵、东北的张学友并称为业余乒乓球“三绝”。因其球风怪诞，让人捉摸不透，能够适应他打法的人寥寥无几，故得名“东邪”。

没想到金庸的小说会与乒乓相联！更没有想到的是这个“东邪”与我结上了缘，成了我的球师。2012 年的 4 月 28 日，朋友聚会，一桌子 10 个人，9 个人会打乒乓球，一个晚上 80% 的时间在聊反胶、长胶、正胶、生胶，唯独我一窍不通，两眼直瞪，什么胶都没“交”，也正是他们之间关于一个小小圆球的故事深深地吸引了我，乒乓球如此之奇妙？

从此，我与它结下了深深的“梁子”。

这年的 5 月 1 日开始，我从“滴水球”起步，在大丰老体育馆开始基础训练，开启了我的业余乒乓人生之路。

一转眼到了 2013 年 11 月 27 日，我因公去南京出差，在南京全民健身中心五环体育用品商店购买胶皮，因为不懂所以“不懂”，营业员主动向我推销北京黄建疆老师用的长胶胶皮，说是“怪！不怪不要钱！你回去打，不赢球才怪！”哪有这样的好事情？毅然决然地反胶换长胶，马不停蹄地往回赶，到球馆一试，管用！那真是上“瘾”，从此再也离不开长胶，深深地爱上了长胶。

3 个月不到，开始走上赢球之路，好多过去“干掉”我的，我现在反而“干掉”他们；过去“处理”过我的，我现在却轻松“处理”掉他们。说心里话，有时赢球，那真是个“爽”！

2

一次偶然的机会，我结识了中科院的梁涛先生。他爱人过去是国家乒乓球青年队的，作为一个专业选手却打不过业余长胶“黄老邪”。他给我出实招，你的长胶若要发展，必须找北京的黄建疆，拜名师，学真经，系统学习他的“十四招”。于是，通过网上社交平台，终于联系上了这个我心目中的“长胶王子”。

2014 年春日的一个早晨，黄老师夫妇从北京乘了一夜火车，来到了中国唯一一个以“盐”命名的城市——盐城，开启了一个长胶老师的传经送宝之旅。黄老师60多岁，但看上去精神抖擞、红光满面，再加上一个锃亮的光头，从车站一大群旅客中走出来，越发引人注目，真是“光彩照人”啊！这次相约，得到“东邪”当面传授独门绝技的机会，让我终身受益。

据黄老师自己说，“东邪”这一绰号是被球友最近几年才给炒起来的。50多年的业余乒乓球生涯，黄老师练就了一身的绝活，他最擅长的长胶攻守技术有自己的体系，同时也研究出了很多“独门绝技”，像抖球、撇球、弹球、刮球、吸球等。

听他的老球友说，黄老师刚出道的时候绰号并没有这么“响气”，在北京他曾被球友戏称为“杂货铺”“超市”以及“魔术师”，不为别的，就是因为他打球的花样太多了，让人摸不透，识不清，判不明。

后来，由于黄老师在国内业余乒乓球比赛中屡次上演克敌怪招，球友们就把他和金庸笔下神秘莫测的“东邪”联系了起来。“因为我姓黄，打球的风格又邪，所以他们就一直管我叫这个绰号了。”黄老师说道。

黄老师为人大度、亲和、友善、无私。授课球友，传承球技，从来都是百分百。“我打了这么多年的乒乓球，走了很多弯路，看到现在这些球友，感觉就像是自己当年一样。我教他们，一方面是想让他们少走弯路，另一方面也好把长胶的一些绝技传承下去。”黄老师颇有感触地说道。近年来，黄老师先后在北京、河南、广东、上海、湖北、江苏、安徽、辽宁、山东、吉林等地现场讲学，手把手传教，心与心交流。在训练课上，黄老师向球友们传授了长胶防守方面的搓、撇、挤、削、挡、磕、刮，进攻方面的拱、弹、抽、打、挑、带、拉，每一个环节都生动形象，容易领会。

有人问我，你老师最拿手的绝活是什么？我告诉他，黄老师妙手出“神招”，转动出“神球”，绝就绝在抖球上。当对方打过来的乒乓球刚好下台的时候，在球案下将球拉起，此时的拉球动作在对方视野之外，当球拍挥到球案之上时，这时做出的动作已经是假的了。这种神奇的抖球，一般人很难分清球路。有一次，几个球员颇有兴致地上前挑战，黄老师称“只要球拍碰到球就算赢”，结果所有挑战者均以失败收场，均因困扰于怪异的球路轨迹。

3

黄老师 9 岁开始打球，换掉的各种胶皮堆起来有一人高，发球机就打坏掉 4 台！摸爬滚打几十年，流下汗水无数！他一开始也不是打长胶，1992 年开始接触长胶，一转眼主打长胶已 32 年。

他依靠自己的钻研练就了“长胶倒拍”的独门打法以及一手出神入化的发球技术，球风怪异，变化莫测，可以说无师自通，自立门派。他腰腿力量和爆发力强，柔韧性、协调性好，用正胶发球，用长胶拱、撇、磕、打，样样擅长。黄老师的球技可以用三句话概括：发球变幻莫测，长胶手感奇好，倒板控制精准。

黄老师是全国首批乒乓球业余运动健将，现任北京许绍发乒乓球学校主教练、北京市老年乒协副秘书长、北京市朝阳区乒协副主席。同时他也是中国乒乓知名人物、中国华北地区球王、长胶大联盟（颗粒大联盟）总会会长。

在我国，乒乓球享有“国球”美誉。全国有多少人会打乒乓球？粗略统计，不下 4000 万人。国手水平高，自不必说，民间也出了不少乒乓怪才高手。黄老师挥舞长胶球拍，常年奔波于全国各地参赛、交流、讲学，为人热情，广交球友，桃李满天下。

黄老师先后 80 多次获得全国乒乓球业余比赛 50、60 岁以上团体冠军，单打第一名，赢过现役、退役的运动员 400 多人。在国际元老邀请赛中获得双打冠军，获得北京中年组单打冠军。在湖南卫视举办的国球大典活动趣味双打比赛中，与搭档王茵一起打败了刘国梁和金泽洙。他不仅个人球技精湛，更是把传播乒乓球文化作为自己的一项责任，在乒乓球爱好者当中享有盛誉。

在内蒙古呼和浩特举办的第十五届世界元老乒乓球锦标赛上，黄建疆获得了 60 岁以上组男子单打和双打两个亚军，要知道 2000 多名各国参赛运动员中，不乏曾经叱咤国内外乒坛的专业高手。许多专业选手输给了黄老的怪拍打法，称他简直是个“黄老邪”。在国家体育总局举办的“谁是球王——中国乒乓球民间争霸赛”中，获华北地区球王、总决赛亚军。

好多球友对黄老师的“球故事”格外感兴趣。

在江苏滨海“百团大战”比赛间隙，全国各地好多球友纷纷聚在黄老师周围，让他讲讲自己的故事。黄老师从小喜欢乒乓球，却无深造机会，初中毕业后到北大荒生产建设兵团，1984 年才返回北京。球技荒疏了十多年的黄建疆，凭着自己对乒乓球的挚爱，到处找地方练球。为了有更多的打球机会，他主动申请从大学调到中学工作。正是由于他的勤奋钻研，使球技逐渐提升。

如果谈成绩，凭良心讲，黄老师要感谢他的夫人李立老师。

可以这么说，没有李老师的辅佐，也就没有黄老师今天的辉煌。黄老师不管是在乒乓台前挥舞，还是在电视中接受采访，亦或是报刊杂志大篇幅对其宣传报道，很难见到有关他夫人的身影和字句，有一次我悄悄地问黄夫人为什么？她说：“我选择黄建疆，就是两个字，人好！我愿意默默地在他背后支持他、关心他、启发他。他到哪儿我陪他到哪儿，哪怕是天涯海角，因为我爱他！”多么朴实而又感人的话语！我这才真正知道，一个成功男人的背后总有一个默默支持他、默默给予他关怀，时时牵挂他、时时鼓舞他奋进的女人！

好多学员时不时也会问起黄老师打怪球的秘密，黄老师说，现代乒乓球技战术越来越强调弧圈旋转，正胶打法在专业队伍中似乎有逐渐消失的迹象。他自己通过几十年来的实践积累，愈发觉得正胶加长胶的打法在实战中的优越性，用带颗粒的正胶进攻，往往让许多高手更难受，而用反胶进攻对专业高手往往威胁不大。一些看似优势的打法和先进的理念，不一定适合于我们这些业余乒乓球爱好者，器材的选择和打法一定要适合自己的性格、特点和目的，不能随波逐流，这样才能把自己有限的实力发挥到极致。

4

2015 年，对于乒乓球长胶界来说，注定是划时代的一年。为了中国长胶事业的发展，黄老师想为大家建一个家，更长远地为全国长胶爱好者提供全方位的服务。

这一年的 4 月 20 日，在黄老师的亲自倡导下，全国长胶大联盟总部在河南焦作正式成立。其后，相关省纷纷成立分会，会员从 50 人到 500 人，从 500 人到近 3000 人，成立大会、会长会、联谊会、交流会、现场会，一个会议连着一个会议，组织活动一个比一个热闹。广东一个球友跟黄老师说：“对于乒乓球长胶爱好者来讲，我们终于找到组织了，我们终归是有组织的人了！长胶大联盟真是我们的福音！”

谁说长胶不精彩？长胶大联盟总部曾在河南焦作市举办了一场“三合地产杯”乒乓球长胶大联盟团体赛暨首届砂板争霸赛。这次长胶比赛共有来自全国 15 个省 44 个地市 69 支代表队共 698 人参加比赛，也是全国长胶历史上最具影响力的一次“盛宴”。经过团体赛和单打比赛，江苏嘉沁代表队、陕西队赵杰、河北廊坊队董福奎分别获得团体、嘉宾组、砂板组冠军。大赛后，全国又一次掀起了长胶比赛潮，分会长胶会员赛、会长邀请赛、省市长胶联赛，一个赛事接着一个赛事，黄老师从北京到山西，从安徽到广东，从江苏到湖北，从湖南到河北，从辽宁到吉林，从黑龙江到宁夏，从河南到浙江，大半年走过大半个中国，边联赛、边讲学，边总结、边传授，整个长胶界，热火朝天，风生水起。

中国乒乓球俱乐部甲 B 联赛在山西怀仁举行时，来自全国 64 个男女代表队共 281 名乒乓球运动员经过 5 天的激烈争夺，黄老师代表的河南常新宏达乒乓球俱乐部得到了甲 B 保级资格并取得第 10 名的佳绩。难能可贵的是，在这次联赛中黄老师的胜率在 70% 以上，尤为精彩的是他胜过朝鲜国家队现役主力队员朴申赫的那场比赛，当时的掌声、欢呼声、呼唤声响彻体育馆上下……

最有意思的一个花絮是，在北京长胺分会邀请赛结束后，黄老师和进入前四的男选手分别打了一场指导球。在一百多名选手中脱颖而出的四位英豪，竟然无一人能从黄老师手里取走一局！无论是密不透风的防守，还是雷霆一击的进攻，都被黄老师举重若轻地化解。而当年和黄老师比，甭说是功夫见优，至少也是比肩而立的曾经闯荡江湖的队友张玉植和毛家邕，却只有静静地坐在场外观看其表演的份儿，他们也不得不佩服黄老师竟然在花甲之年还能有如此进步。

最激动人心的是，在“李宁红双喜杯”中国乒协会员联赛总决赛上，黄老师又一次获得 65 岁组冠军。决赛中他再次与老对手张学友对决，最终取胜，实现了他在该项目的五连冠。北京老将蔡长墅一直在比赛现场观战，当看到黄老师与高手对抗取胜的出彩好球时，连竖三次大拇指，高兴地叫起来：“好！好！好！老黄这个球打得太棒了！太棒了！”

5

前些年因患癌切除一只肾后的黄老师竟突发异想，和一帮年轻的专业队员一起“混迹”于甲 B 比赛，居然获得超过 60% 以上的胜率并创造出战胜现役国家队员的奇迹。黄老师参加过北京市大大小小的比赛，取得过优异的成绩；后来在全国业余乒坛也鲜有敌手；最后发展到代表中国队参加世界元老杯，一发不可收拾，获得了四块金牌，连续两年获得对应年龄段的男子单打、男子双打冠军，基本上已经把这个星球上能拿的业余赛事冠军都拿遍了。

再好的成绩也会被人超越，再强的武功也有被打败的那一天。在中国这片土地上，肯定会有后来者超过黄老师的水平和成绩。但是，黄老师对乒乓球的另一项贡献恐怕一般人极难超越，这就是他乐于分享自己的技术，乐于将自己对乒乓球的理解，长胶的秘诀，传授给任何乒乓球爱好者。在这一点上，无疑他是做得最好的。

近三年，黄老师在北京、天津、江苏、河南、湖北、广东、湖南、河北、四川、山东、吉林等地免费举办了30多期长胶技术培训班。据不完全统计，黄老师线上线下的学生已逾十万人。现在使用长胶的球友中，可以说极少有人没有学习过黄建疆的视频教学，一提到长胶技术、动作，都会首选黄建疆老师的视频。这可以说是业余乒坛的奇迹。

中国乒乓球爱心使者沈正一老先生这样评价黄老师："黄老邪啊，这个长胶王子，他打球，多用的是巧劲，充分体现出乒乓球'技能大于体能'的特点。说是'前无古人，后有来者'也不为过！他胸怀大局，立志于推广长胶，让更多的业余球友早日登上冠军领奖台，这是老黄的夙愿。"

"为了长胶，先人后己。"这是什么？这是执着的热爱换来的天道酬勤，这是业余乒乓世界的大爱。

独处也快乐

“独处”是一种高级的享受。与书画家周湘美先生茶叙，心中冒出种种复杂的情感。

如同“归园田居”之于陶渊明，“程十发艺术研究院”就是周先生的“心家园”。疫情三年时间，周先生把自己关在“程十发艺术研究院”里潜心写字、画画，创作了500多幅作品。锲而不舍，精神可嘉。

周先生是孤独的。他的孤独是真实不虚的，从他字的线条里就可以看出他的思想和生活。1991年至2003年，他跟随程十发老师学习文化知识和书画艺术。他的书法绘画作品多次获奖，得到书画界、政界和商界等各界人士的认可。同时在国际上享有一定的美誉，被业内称颂为德艺双馨书画家。

艺术之路本身就是一条孤独之路，学书画尤其孤独，一路上的酸甜苦辣只有周先生自己知道。没有相当程度的孤独，就不可能有内心的平和，也不可能走得更远。

“每一个书画大家在成名之前，都经历过无数孤独的黑夜，你是怎么熬过这些黑夜的？你是靠什么支撑自己一路走过来的？”我抿了一口清茶，好奇地问周先生。

“我一直追寻程十发老师的脚步前行，传承和发扬好中国传统文化。能够让我坚守这份寂寞的，是因为中国传统文化的博大精深。我还有很多很多需要学习研究的地方！我可以不和任何人接触，把自己关在院子里专心写字、画画，多少天都可以。我会感觉很快乐，很满足，如果让我说是靠什么支撑到现在，我认为是兴趣。孤独也是快乐的。”这是周先生的艺术追求。

我在想，身边很多人谈及“独来独往”总是将他和“不合群”画等号。那周先生呢？艺术需要什么？

对此，周先生有他个人的观点。他认为，不合群和独来独往不是一个意思。一个人，独处的时候，内心才能爆发出强大的力量，会对人生有更深刻的领悟。独来独往未尝不是一种洒脱。不拘泥于人际，不沉湎于往来，世间独乐乐，也众乐乐，为自己而活，也为他人而活，活出意义来。

外人看来，周先生是独来独往的人，熟悉他的人知道，他才是真正内心强大的人。他心中有奔赴艺术的冒险，有更大更远的艺术梦想，懂得适当留出自己的空间，在独来独往的时光里，发现自我，进而推进自身提升。

有些人可能瞧不起像周先生这样独来独往的人，认为他们总是不合群。其实，独来独往的周先生根本不是他们想象的那样。他生活中有太多的社交，他只是不想参与无效社交。他有自己的思想，有自己的一套生存法则。他很多时候直接忽略了别人对自己的看法和议论，只专注做自己的事情。周先生这样的生活方式，不好吗？

再说说另外一个人。贾先生是一个喜欢热闹、“握手熟”的人。春节前他跑到一个聚会上，跟一群陌生的人嘘寒问暖，全程笑脸相迎，互相说着客套话，敬酒、扫码加好友、留电话号码。春节后我问他，那次聚会，你能记清对方是谁?

把这种低质量的社交称为“无效社交”，是再合适不过了。那些总把精力消耗在“无效社交”上的人，犹如贾先生一样，不是为了填补内心的寂寞，就是为了掩饰自身的无能。

我身边有这样一个故事。企业家宁老板喜欢前拥后簇的感觉，看似朋友遍天下，人脉广泛，也认识各种牛人大咖，手机里好友也加了好几千。在宁老板看来，想要在社会上混得好，想要朋友广布天下，就必须要“合群”。不管自己愿不愿意，不管自己想不想入群，都必须要“合群”。这种“合群”的思维，影响了宁老板一辈子。去年 10 月，宁老板不幸得了胰腺癌，在最需要帮助的时候，却没人肯伸出援手来帮他一把，心里苦闷时却找不到一个人去倾诉。最后还是初中老同学，忙前忙后，帮他解决了异地就医问题。

小时候，身边的老师和亲友总跟我说:“人哪，要懂得合群，要多交一些朋友，别太孤僻了。”面对周先生回馈给我的笑容，我在想，在纷扰的现实生活中，保持自己的心性，用孤独和寂寞面对现实，过自己想要的生活，这才是王道。周先生只是更清楚地知道，自己想要的是什么。

人,可以合群,但却不能丢失自己的“主见”。我是怎样的人，就该做怎样的事,不需要为了某些群体而改变自己。一味地合群，必然会让自己再无精力来做自己喜欢的事情，过自己喜欢的生活。而当周先生享受独处，那么所有的时间都将可以按照周先生自己喜欢的方式支配。这多好！

独来独往，不是桀骜不驯，更不是狂妄自大，而是在人来人往的生活中，能始终保持一份清醒，听取内心的声音，遵从内心的选择。这就是书画家周湘美先生的精神世界。

世界是自己的，也是他人的；我与他人既有关系，也毫无关系。独处是一个人最好的修行，层次越高，越能体会到独处的快乐。

人生是熬出来的

“人生如什么呢？”早上运动时，球友潘丰先生风趣地问我，我太极式地告诉他：“这个问题问得非常好！你可以去问问晨练营里最年长的卢国平老嗲嗲，他 75 岁了，每天早上来晨练，他最有发言权！”

卢嗲嗲指着乒乓球裁判台的一杯茶说：“人生，如同饮一杯茶，喝到无色无味的时候，便将岁月过得淡泊、清新。人生如茶，有才之人捧着一把茶壶，把人生煎熬到最本质的精髓。”

大家闲聊到路遥的《人生》。这不，电视剧《人生之路》终于开播了。因为该剧改编自著名作家路遥的中篇小说《人生》，所以，该剧还在拍摄时，就让众多观众翘首以盼。

《人生之路》电视剧一开篇，是一个长镜头，陕北壮阔的山河间，有眺望远方的少年，也有飞驰而过的自行车。自行车碾过砂石，穿过山路，从农村一路飞奔到县城，到宽州县第一中学高三的教学楼外。扬起的，仿佛不是路上的尘土，而是少年跃动的心，迫切地想要通过高考告别农村走向城市的心。

41 年后，这部经典之作被重新搬上荧屏，曾经困扰一代人的难题是否已悄然改变，又是否有了新的答案？我想，如果高加林没有上过高中，不知道书里的世界；如果高加林没有当过民办教师，实现自己的人生价值；如果高加林没有在县里当过通讯员，没有遇见过黄亚萍；如果还有更多的如果，他可能会安心在高家村做一个地地道道的农民。可是,所有的“如果”,都只是“如果”，已经发生的一切，早已刻进了高加林的生命里，根本没办法抹去。

曾国藩说得好:“熬过此关,便可少进。再进再困,再熬再奋,自有亨通精进之日。”人，生来有的是有用之材，有的是有育之材，有的是有培之材，要想成为更好的自己，就得在不温不火的生活中慢慢地熬，熬出不一样的材，熬出头才能出众，熬不出头则出局。高加林曾经见过大世面,知道外面的世界有多美好,就算暂时被生活推到了谷底，但他胸腔里燃烧的火焰，却是无论如何都没办法再被熄灭了。

世界上有两样东西不能直视，一是太阳，二是人心。人性本来就是复杂多面的，世界上没有绝对的好人，也没有绝对的坏人，好与坏只在于人的一念之差。我一直觉得，高加林的一生中，有过两样最宝贵的东西：一是金子般的巧珍；二是他在命运面前的不屈与抗争，这种不屈与抗争犹如竹子一样。

竹子熬了四年时间，也仅仅长了 3 厘米。从第五年开始，以每天 30 厘米的速度疯长，仅用六周时间就长到了 15 米。竹子熬不过那 3 厘米，哪能六周就长 15 米？人生需要你足够忍辱、足够勤奋、足够精进，才能成长。当事物积累到一定程度的时候，就会由量变而发生质变，就会出现柳暗花明又一村的惊喜。高加林的人生不就是这样的吗？

人生很多时候，机遇和努力一样重要。熬出来是日子，逼出来是本事。高加林的人生之路犹如坐过山车，在高高低低、起起伏伏中磨炼，但他最终实现了逆袭。这一过程是对心性的磨炼，同时也是一种坚持、一种考验、一种升华，更是最好的修炼。《人生之路》已经大结局，然而，高加林不平坦的人生路程却让人感慨不已。

“人生的道路虽然漫长，但紧要处常常只有几步。”《人生》内页上写着这样一句话。近一百年来，世界发生了翻天覆地的变化，人生这道选择题，对于现代人而言尤其重要，每一个选择都会对未来产生深远的影响。站在人生的岔路口，我们自己所做的每一个选择，踏出的每一步，都将会造成命运的巨变，影响着整个人生。

人生，到底应该有怎样的生活态度？是大起大落后的不卑不亢，还是平淡流年下的知足常乐？众说纷纭。归根结底，在于选择。

如果让我选，我选择熬。

钻井的定力

最近，欣赏湖南文友江月卫先生的散文《钻通岩层就遇水》，颇有感触。

钻探打井是一种看不到底的活，一定要有定力，只要钻过了岩层就会冒出水来。如果第一层岩石钻过，只出一点水，再钻到第二层岩石，还会出水吗？过去的打井人都知道，很有可能。不同岩层之间有隔水层和含水层。上面是砂岩，孔隙度很大，会含水；中间是泥岩，会隔水；下面又是砂岩，也会含水，接下来也就可能会出大量的水了。

小时候在农村，经常能看到打井队打井。有些打井队，不停地变换挖井地点，一年下来也没有打出几眼井。但有个扬州的打井队却不是这样，他们做了仔细的考察，确定了地点以后，即使挖掘到相当的深度没有见水，也不轻易更改地方，继续深挖，结果打一个井成功一个井。出水的关键靠定力。

江先生的一位老领导，只比他大几岁，出道却比他早。江先生还是一小科员时，老领导就已是副县级领导了。老领导知道江先生一直在搞文学创作，每次看到他都说，想写一部科幻小说。江先生笑了笑说，好啊，以你的智商，写出来肯定会红火。老领导又说，现在很忙，要等退休了再写。如今已退到二线，仍没见其动笔。

“板凳要坐十年冷，文章不写半句空。”试想钻探打井没有定力就钻不出水，耐不住寂寞，没有定力的人是绝对写不出大文章的。

凭“三分钟热度”做事，不如盯住一个看准了的目标持续努力。《传习录》的作者王阳明，不但精通儒释道诸家学说，而且还能够统军作战，是中国历史上著名的哲学家、军事家和文学家。其实，小时候的王阳明并没有显示出过人的聪慧和才华，但是他勤奋努力，潜心研学悟道，终于成为开创心学的一代宗师。在《传习录》中，王阳明指出：“定者，心之本体，天理也。”也正是因为修炼和保持了相当强大的定力，才有了他后来的人生成就。

再回到打井这个话题。我看过一幅漫画，一个人在挖井，挖了一个又一个，总也挖不出水。其实有的井已经够深了，差一点点就成功了，只需要再坚持一下。可九十九步都走了，却在百步面前放弃，最终功亏一篑。有的人一生就在挖一口井，年久日深，既挖到了宝石也挖出了清泉，不可谓不圆满。可是，一辈子只挖一口井，就得耐得住寂寞，也必须守得了清贫。

知乎上有个问题：如何理解“你要悄悄拔尖，然后惊艳所有人”？其中一个回答：不必大张旗鼓地急于向众人展示自己的成就，而是慢慢地塑造自己，等你把那些别人都不想做的事做好了，你就会发现开挂的自己。保持定力，其实就是在应对复杂环境考验中要沉得住气、稳得住神，集中精力办好自己的事情。

江先生说："不管做什么事都是需要定力的，是需要下真功夫的。"做任何事情和打钻井一样，没达到一定的火候，钻过岩层那是出不来水的，不经过一段时间磨炼是成不了气候的。只有经历炼狱般的磨难，才会觉得人间处处皆春色。

一只鸟只能站一枝，一朵花只能有一种姿态，拥有了高山就很难成为流水。在人生有限的时光里能安安静静地做好一件事，做精一项工作，发挥一个点的光芒，做得独一无二，就是成功。人生是场变化多端的持久战，从开始到最后拼的永远是定力。这是江先生的观点，我认同。

上班，下班

我曾多次留意过蜜蜂采花。它们总是那样地不知疲倦，只要四时花不败，它们就不会闲下来，它们总是那么开心。这让我明白，只要心中有爱，工作也变得闪光有趣。

昨天晚上下班，在机关大院门口遇到退休多年的韦新先生，聊起他现在在某协会工作，说是比在原单位上班还“上班”，但是，也比一般人快乐得还“快乐”。

“已经九十多岁的李嘉诚，为什么依然工作不退休？”我一直在问自己这个问题，借这个机会我问韦先生。他给出的答案是：“我不是讲官话。工作是我生命中的一部分，人生价值需要通过工作的方式来展示给这个世界。”

工作有它本身的价值，领悟到这种价值的人才不会对工作产生厌倦。工作是实现自我价值的重要途径。就为这事儿，我又电话采访了一位更高层面的、曾当过市四套班子负责人的老领导，他说：“我喜欢投入工作时的自己，享受工作带来的满足感与成就感是一件很快乐的事。如果我把工作当成一种负担、一种累赘，那么工作必然也会回报我沉重的负荷。换个思路，调整一种心态，把工作当成我生命中的重要组成部分，犹如粮食和水那样必不可少，这样我的心态就会坦然自若了。”这话说得很在理。

有一年，我去美国纽约参加一次国际人才活动，飞机上为我们服务的是“空爷”“空奶”，入住的酒店内看到的也都是白发苍苍的服务生，他们风趣幽默，开朗亲切，工作得快乐而有尊严。那时我异常羡慕他们的工作状态,但又说不清具体为什么。碰巧遇到美国花旗银行的吴晓光经理，他一语道破天机：“因为他们是处于自然的工作状态，一个人如果能真心喜欢自己的工作，他就会在工作中自然地发挥天赋和潜能，就能将人性的自然快乐带到职业性的工作中。”确实是这样，我如果把工作当工作，我就变成了工作的奴隶；我如果把工作当生活，我就变成了享受工作。我把当天的工作任务按时完成后，我的心情总有一丝丝的愉悦。人生的乐趣就隐藏在工作中，如果你能充满热情地工作，那么，你就能享受到更快乐的人生。

人在工作着的时候，才是最美丽的。对待工作态度的差异，也会带来人生的差异。某知名企业家钟先生出身书香门第，但是自己却没有上过几天学，他说：“有能力的人要主动积极，推进社会的幸福、改善和进步，这是我们的任务。”我想，人生最有意义的就是工作，与同事相处是一种缘分，与朋友见面是一种乐趣。那么，无论是工作还是生活，只要 100% 地投入就能更快地理解，更好地享受其中滋味了。这样说，就能理解为什么有些人七八十岁了，还能在工作岗位上默默奉献。

韦先生幽默地说：“对于绝大多数人来讲，睡好觉是为了第二天精力更充沛，工作是为了生活不再受累，旅行是为了回家后慢慢回味，上班是为了下班后生活有滋有味！”

上班是为了生活，下班是为了好好生活；工作是乐趣，生活是享受。上班真是为了下班后生活有滋有味吗？这个话题，让我再想想，看看有没有道理。

云水禅心

今早晨练。79 岁的金嗲、75 岁的卢嗲、74 岁的唐嗲、70 岁的吴嗲，四个老人一台戏，欢聚一堂，家长里短，球来球往，谈笑风生。

说起晨练营，都是一群早起锻炼的乒乓球爱好者，老的年近八十，小的二十刚出头。他们一般都是五点半起床，六点准时开门，运动一个半小时后，上班的上班，吃早饭的吃早饭，送小孩的送小孩，买菜的买菜，各回各家。但是，每个星期天早上 8 点，有一个约定，轮流做庄，大家齐聚到早餐店，一人一碗 8 元的大丰鱼汤面，同时附加“一荤一素”的民间故事，津津乐道，好不自在。

这一活动坚持 11 年了，周而复始，年复一日。

时光真的好不经用，抬眼我亦已然半生。曾经以为 54 岁很遥远，却发现 24 岁是很久很久以前的事了。再等三年，女儿都快 30 岁了。我的青春早结束了。年少时放不下的事情，如今我再来看，已往事随风；年轻时有的心结，如今已不值一提。光阴如刀催人老。时间最是无情，染白了我的头发，增长了我的皱纹，却也让我的心更淡定、平和。

人生总是在不停地变化着脚步。“回首，青春懵懂时的初恋，对异性萌生的好感；仿佛就在昨天。虽然在无知的年龄，做了选择，但是都在懂事的年龄承担后果。这是50年代的故事，细数指间岁月。匆匆又忙忙，走走又停停，一晃都老了……”四个老人在打趣说笑间，把一大早上的时光给打发了。

岁月带走的是年龄，带不走的是什么呢？我想，带不走的，是一个“态”字。应该是峥嵘的岁月修炼成平和乐观的心态，应该是折叠的光阴梳理成漂亮生活的状态，应该是似水的流年浇筑成淡然从容的仪态，应该是泛黄的年轮沉淀成优雅到老的姿态。

两鬓的雪，若是沧桑，我用微笑扫除；若是迷茫，我用乐观扫除；若是抑郁，我用阳光扫除。亦舒说：“等你真的老了，往回看，才知道三十、四十、五十都不算一回事。”

其实，烦恼有时也是自寻的。在网上看到这样一个故事：有一位资深的心理学家发起了一场实验，他通过征集和招募，邀请到了999位分别来自不同行业、不同年龄、不同身份的人来参加他的实验。实验内容很简单，所有参与人员在纸上写下自己认为未来半年时间可能会遇到的烦恼，然后把纸放进箱子里。而后所有的参与者在不刻意改变节奏和方式的情况下，继续自己的生活。

半年后，心理学家按照当初留下的联系方式，对照着他们当时所写下的预测的烦恼拨通了电话。就在心理学家一一采访结束后，惊人的结果出现了，当初参加的999人留下的999份烦恼中，有超过995位都没有发生，甚至有很多不被认为是人生的烦恼。

大多数人的烦恼，都是自己想多了，就是所谓的自寻烦恼。这就是著名的心理实验“未来的烦恼”。我们常常为未来的烦恼提前焦虑，人生短短几十载，白白浪费了自己的珍贵时光。

忙碌固然充实，却也在不知不觉里送走了很多来不及回顾的时光。不讨好百媚千红，不奉迎五光十色，塑一颗心素若简。邂逅每一份春暖花开的相遇，轻拥每一份云水禅心的飘逸。这才是人生应有的状态。

“不要问时间都去哪儿了？我们天天来，已经成为一种习惯，运动后吃得好、睡得香，哪天不打球心里闷得慌。你们玩，你们年轻人继续玩！”四位老人有说有笑，健步走出了球馆。

赤脚大仙

1

很多时候，我们并不能掌控命运，不是吗?

或许曾经有过梦想，有过憧憬，有过为美好未来打拼的愿望，有过与球友之间的允诺，可现实不允许。现实是什么?是你必须放弃不切实际的愿景，留在一个小小的角落里，渴望着好好活下去;现实是你眼睁睁看着很亲近的球友离开这个美好的世界，却无能为力，你也只能默默地为他祈祷。

惊悉全国长胶乒乓高手、击提大师、羊城七怪之一，黄建疆先生的学生“赤脚大仙”徐伟雄仙逝。闻此噩耗，心中十分悲痛。羊城痛失一怪，从此再也看不到大仙在乒乓赛场上的飒爽英姿，他充满激情的现场表演。他的音容笑貌已成为人们美好的追忆。

全国长胶大联盟总会长黄建疆沉痛说道：“得知消息后，我和所有长胶乒乓球爱好者的心情一样沉痛，‘赤脚大仙’的去世对于我个人很震撼。大仙是我们长胶大联盟广东分会的副会长，为长胶事业做出过巨大贡献，他的仙逝是长胶大联盟的损失，也是我们所有长胶人的损失。”

2

作为长胶高手，“赤脚大仙”可谓中国业余乒乓界的传奇人物。

我们平常所说的赤脚大仙是中国古代民间传说和道教传说中的仙人，是仙界的散仙。一般情况下他总是在四处云游，以其赤脚装束最为独特，中国民间传说中他常常下凡来到人间，帮助人类铲除妖魔。他性情随和，平常以笑脸对人，对有心向善的妖怪也会网开一面，但对邪恶妖怪却从不留情，双脚就是他的武器，曾经降服众多妖魔，是天下妖怪的克星。据说赤脚大仙身上带有不属于六界的异宝，令他不惧百毒。

徐伟雄又名“大板雄”，正是业余乒乓界的“赤脚大仙”。他因幼年长在海南赤脚成习，打球时喜欢赤脚裸足，又善夸张表演以愉悦观众，故得此美誉。徐伟雄手持蝴蝶黑炭底板正反反长，反胶为蝴蝶64，长胶为大维388D–1，擅长快速倒板。他的动作“扶君上马”“猴子耍拳”“天女散花”“海底捞月”“请君入怀”……独具特色。乒乓球比赛中，他以刁钻多变的球路，屡屡创造进攻机会，反胶爆冲，令对手难以招架，所以人送外号“赤脚大仙”。

“赤脚大仙”曾多次在国内外业余乒乓球大赛中创造佳绩，获国家级“业余乒乓球运动健将”称号。因其年少时习练武术，刚学打乒乓球时，他把很多武术动作揉入乒乓，尤其步伐跳跃敏捷，煞是好看。大仙可以远离球台跳过护栏接球打比赛，打起球来激情四射，每每到比赛激烈时刻打出精彩的球，他都会摆一个“大鹏展翅”武术亮相，做出一些造型以博观众一笑，掌声不断。侧身一板大斜线攻球是大仙的招牌球，场上十分引人注目。他还有一项绝技，站在挡板之外发球，更有观赏的趣味，充分体现快乐乒乓之魅力。“大仙也是我的老师，我跟他后面学过长胶击提。他性格开朗豪放，生活中肝胆义气，喝酒海量，朋友第一，深得大家喜爱。”长胶大联盟常委、广东分会会长魏东如是介绍大仙。

3

与生命相比，一切金钱、名誉、权力和地位都无足轻重，各种物质的满足都算不上什么。常常有这样的文字：“如果你的生命只剩下六个月，你最想要做些什么？”年少轻狂的他，亦或处事不变的我们，何曾没想过这样的问题？我们都简单执着地以为，还有好长好长的路要走，于是可以肆无忌惮地挥霍今天的美好光阴。

其实，大仙早已经想到了，当发现自己已经患了癌症，而且是肺癌晚期的时候，他很坚强，直面现实。

可能许多人都不知道，在这不到一年的抗癌史中，大仙拿出了马革裹尸的状态，表现出百折不挠的精神。他意识到这是人生的分水岭，他必须直接去面对，没有退路。每次经历病痛的洗礼，都是为浴火涅槃重生奠定了坚实的基础，他仍然在坚持!

大仙仅仅是一个非常平凡的人，不是神。四肢骨头像是被不计其数的蚂蚁啃食般灼热的疼痛，把他从睡梦中刺醒，他不曾掉过一滴眼泪。多少个昼夜不眠不休，干涩的双眼虽然乏力他还是努力地睁开，他怕忍受不了身体的疼痛，再也挺不住，熬不过凄楚的难关。就这样，他的生命永远定格在 2017 年 8 月 17 日上午 9 时 45 分……

大仙的女儿在长胶大联盟会长群发来一段文字："大家好，我是大仙的女儿，谢谢大家一直以来对爸爸的支持！爸爸一直都好坚强好努力地对抗病魔，今天，他去了一个没有病痛的地方，继续打球，你们的祝福，我相信爸爸会听到，会收到！并且保佑大家，一切顺利，安康。大家有心。"

接着，各个乒乓聊天群都传来祈祷的声音。

太多太多的球友，传来了哀思，不停地回味他的长胶打法。

4

大仙的长胶打法顺应了潮流，与时俱进且有所创新，给长胶打法注入了新的生命力。很多乒坛高手与他首度交锋，瞧他手法不规范，技术不全面，武器不先进，根本不把他放在眼里；然而一旦刺刀见红展开肉搏战时，却弄不清他到底是用长胶还是反胶击球，拉爆冲弧圈非落网则出界，糊里糊涂就败下阵来，输得口不服，心更不服。一位曾败于大仙拍下、专业出身的名将就说他有一种"天王老子也不怕，敢把皇帝拉下马"的狂人精神，能接二连三地把一个又一个全国顶尖高手斩于马下，连贵阳、哈尔滨、沈阳和北京科班出身的名将亦不得不束手就擒。

《南粤乒乓》报特约记者朱永贤这样评价大仙："他酷似陆元盛的长相，球技演绎的确胜人一筹，一脸严肃永远让人猜不透。到了球场上却是换了一人，只见他运动装束之下，赤脚上场，令人称奇，静如坐禅，动如脱兔，长猿舒臂，每打一球不是禅童拜佛，便是苏秦背剑，好不洒脱；更令人惊奇的是，他竟然从挡板之外飞跃救球后发出令人荡气回肠的猿嚎。”

许多球友至今还记得漓江问鼎“国球网第一届银河·袭汇杯国际民间乒乓球邀请赛”的那次比赛，尤其是一些激烈搏杀、背水一战、起死回生的震撼镜头，人们至今记忆犹新、历历如在目前。其产生的轰动效应大大出乎主办方意料。那次45岁以上单打的金牌居然被一个比赛穿长裤光脚丫的人捧走，不禁令人疑窦丛生。在年轻高手如林、退役老将云集、竞争异常惨烈的国际大赛中，此君有何能耐？这个精瘦的广东人凭何真功夫独占鳌头？他就是大仙，球场上的争议人物。

无论音乐、文学、武术、体育和艺术等技艺，要想登峰造极，基本功扎实是前提，无捷径可走。所谓“台上一分钟，台下十年功”，就是这个道理。乒乓球同样不能幸免。基本功训练单调重复，因此最枯燥、最郁闷，而又不可或缺。

大仙学打乒乓球，走的是左道旁门——打长胶。他从未接受过系统训练，亦没有系统训练的意识和愿望，打球纯粹源于兴趣。初入乒门时，常请球馆的教练与其计分对打，以赛代练，摸着石头过河。庸人败于惰，能人败于傲。他是勤奋之人，喜欢探索研究，勤于思考，习惯“每事问”，做事一丝不苟。他出海打过渔，当过饭店老板，还炒得一手好菜。只要他在家，绝不让妻子下厨，是远近驰名的模范“住家男人”。

5

大仙并不是无师自通。早在2008年就在广州拜长胶大师黄建疆为师，还与另一羊城怪杰卢舟专程赴京到黄老师家中当面请教长胶技艺。黄老师一直教导他："齐白石曾对弟子说，学我者生，像我者死。要学为己用，融会贯通，不要单纯模仿，要吸收其精髓还要有所创新。"

有一次，师徒相聚，寒暄叙谈过后，下场比试球技，黄老邪与大仙的光板攻防大战，令场外球友眼花缭乱。老师攻势凌厉，撇、扣、推、吸，手法娴熟，学生防守稳固，挡、磕、削、打，有模有样。银球在空中飞舞，两人在桌边跳跃，一来一往煞是好看。光板打球，粗看貌似简单，人人都会。但你细观其力量的拿捏，落点的控制，便可测知打球者的功力是否深厚。

大仙的长胶正是传承了黄建疆老师的精髓，打法上博采众家之长，既学别人的长处又不生吞活剥，充分发挥自己的独创性。他反面不用正胶而用反胶，比赛中不断倒板，时而用长胶削，时而用长胶拱，时而用反胶推，时而大板扣杀，常令对手眼花缭乱、晕头转向。综观大仙在各大赛场上的表现，可用"技术精湛又创新、有勇有谋善应变"来概括。

赤脚大仙，长胶人永远的骄傲；赤脚大仙，一颗陨而不落的乒坛巨星；赤脚大仙，一个可贵的击提者！

2015年10月21日，参加完乒乓球百团大战的大仙，来到我的家乡江苏盐城展开乒乓之旅。在色织乒乓球俱乐部，大仙为盐城的球友带来了一场精彩的表演赛。他变换拍面的出神入化，赤脚脚步的千变万化，现场表演的热情和边比赛边与观众交流球技的泰然自若，成为当晚一道独特的风景。特别是，现场表演了离球台 8 米外发球的绝技，并向大家介绍长胶和反胶倒板、长胶击提的打法。在最后一个环节，大仙的一招石破天惊的大斜线扣杀，顺势来了一个后羿射日的造型，让人领略了乒乓球技术的最高境界。整个赛场欢笑声、赞叹声、掌声此起彼伏，整个就是一幅社会和谐的大画卷。

休息时，他把自己的故事向我娓娓道来。临别时，他说：“乒乓球也没有什么奥妙。我希望你多打、多练、多赛、多看、多思、多悟、多学，坚持，坚持，再坚持，也一定会小有成就。”

大仙的话，我记住了。

此时此刻，我在回想与大仙交往的日子，然而他却在遥远的天堂，那里一定也有他喜欢的乒乓球。

老咂着那滋味

万般滋味，都是生活。

从中国“漫画之父”丰子恺的一生,我读懂了这句话的深意。

丰子恺是中国现代著名画家。

丰子恺的画简约、洗练，甚至看起来很简单。

他的一生就像他的画一般诚朴、简约而不简单。

近日我阅读有关漫画的书籍，才知道丰子恺是中国漫画的“先行者”，是中国“漫画之父”。

1924年，文艺刊物《我们的七月》4月号首次发表了丰子恺的画，其后,《文学周报》等报刊也陆续发表，并冠以“漫画”的题头。自此中国开始真正有了“漫画”这一名称,“子恺漫画”逐渐走进人们的视野并为人们所熟知。

丰子恺善于描绘日常烟火、细腻人情。有人评价，对丰子恺的漫画，与其说是“看”，不如是“读”，因为画的背后，是一个真实的社会，是一段真实的历史。一方明净的窗口，几片芭蕉叶探出半边，桌上一碟樱桃，大半支香烟；最妙的是一只小蜻蜓，鲜红的一小片，不知从何处摇摇欲坠飞进来。这是丰子恺先生最生活化的一幅漫画。

丰子恺的漫画融合了东西方艺术的风格，寥寥几笔，就勾勒出生动的图像，被国际友人誉为“现代中国最像艺术家的艺术家”。

生活无一不可以成为丰子恺的漫画题材，用他自己的话便是：“日常所见的可惊可喜可悲可哂之相，一时兴到之寥寥数笔便揭人生百态，天上没有留下任何痕迹，但是小鸟已经飞过。”

“人生有生即有情”，丰子恺的一生就像天上一道微风那样平淡而朴实，如同一片片落英，含蓄着人间的情味。正因存了一颗澄澈的童心，孩子的天真、市井生活的淳朴、文人的闲情，在丰子恺的眼中都充满了情味。他的漫画没有一点晦涩、深奥，无论男女老少，各个阶层都能看得懂。

一天深夜，我静下心来，细细品味丰子恺的散文和画作，一下子懂得了他说的“看淡世事沧桑，内心安然无恙”的舒畅。

丰子恺先生一生善良、慈爱，他始终有着一颗孩童般纯净的赤子之心，与所描画之人共鸣共悲、共泣共笑。他笔下的一幅幅小画，藏着他对那个时代的悲悯与仁爱，蕴含了他人生的辛苦和坎坷，也映出了他高尚的人格与深远的思想。

为什么这么多人爱丰子恺的画？

朱自清最形象地回答了这个问题：丰子恺的文和画就像一首首小诗，我们就像吃橄榄似的，老咂着那滋味。

“非上上智，无了了心。”在静与简单中参得“静中之真静”。这就是丰子恺的真实人生。

我喜欢此刻的寂寞

寂寞，是一种难以名状的心绪，如同沉醉在璀璨烟火之后的那份孤独和落寞，又淡如秋水共长天一色的那份执着和坚守。在本场人茶馆里，我深深体会到了这样的心境。

茶馆里的时光大多是一片寂静。当夕照慢慢退去，这里的灯光便开始柔和地亮起，仿佛为这方天地披上了一层薄薄的羽纱。一曲《阳关三叠》古琴声在茶馆内悠扬回荡，宛如清泉流于石上，瞬间为这个空间染上了一抹诗意。

一位 70 多岁的老者，正静静地品着一壶红茶。他的脸上镌刻着岁月的痕迹，眼中溢满了对宁静与安详的向往。他便是“中华暗夜星空保护地·野鹿荡”的创办人马连义先生。

琴韵绕梁，茶汤温润，两者温柔相拥，仿佛真是一场千年的约定。在“时间与空间”“理想和寂寞”的话题中，马连义先生与我聊起了家常。

野鹿荡，位于江苏盐城大丰的黄海滩涂，是一片面积达 200 公顷的滨海湿地。这里曾是古长江、古黄（淮）河的北入海口，如今已经成为麋鹿栖息、鹤鸟盘旋的幸福乐园，同时也是经济发达、人口稠密的长三角地区唯一一处中华暗夜星空保护地和北京时间东八区观察站。

“15 年前，这块土地还没有名字，现在它叫野鹿荡。”马连义先生说：“15 年间，我们 6 位老人在这里，开荒拓土、涵养生机，把荒滩变成了万千生命涌动的绿洲。这里，是我们的‘理想王国’。”

这 6 位老人，平均年龄 70 有余。他们用热爱与坚守，在南黄海西岸自发创办了自然保护地，将一处海边荒滩变成了绿色生态的“理想家园”。

回想起与野鹿荡一路走来的坎坷，马连义先生的眼中闪过一丝波澜。他曾在西藏可可西里工作生活 10 多年。期间，多次骑马趟过长江源头沱沱河。回到家乡盐城后，他发现此地 1 万年前是古长江北入海口，于是萌生将这里建成国家地理地标的想法。他说：“我总觉得有一种历史使命在或近或远地召唤着……”

曾读过庄子的《逍遥游》，遥想过鲲鹏翱翔九天的逍遥自在，然而，我心中却不时会涌起一股如丝如缕的悲伤。在天地间，独自逍遥，那种云起云涌中的独行，大概还有着不能与人诉说的孤独吧。鲲鹏要跨越沧海，就要承受无尽的孤独。这种跨越遥远的旅程，是它自己的选择，没有谁能够帮助它，同样也没有谁能够陪它一道远行。

可见，那些需要时间成就的事情，大都需要经历一段孤独的过程。人生想要拥有一番成就，必然先要学会承受岁月馈赠的孤独。漫漫长夜中，人月双清时。马连义他们这 6 位老人，15 年来承受了多少寂寞和孤独？

我也多次前往野鹿荡，每一次都被那里罕见的自然美景所震撼。曾记得那是一个秋日的傍晚，我乘坐着小船在河中徜徉，不远处鹿群在河水中飞奔而过，得得的蹄声惊得鱼群跃出水面。微风拂过，波光粼粼，整个湖面都被金光笼罩着。一只孤独的白鹭，正悠然、恬逸地在霞光四射的天空中飞翔。屏住呼吸，享受这份岁月静好的美轮美奂，我心中涌起一种莫名的感动。

马连义先生问我："寂寞是什么？"我脱口而出："寂寞，是一种清福。"寂寞，它让人能够静下心来，去思考、去感受、去领悟生活的真谛。马连义先生正是这样的人。大多时候他一个人在海边守候，守着这份淡雅的心境，与野鹿荡为伴，去感受天赐的芳香。

在茶馆暖意柔柔的灯光下，我们继续品茶聊天。马连义先生分享了他的人生故事和对理想的执着追求。他说："为了理想，我宁愿忍受寂寞，饮尽那份黄海边独有的孤独。"这匹从西藏沱沱河走来的千里马，有着那份独特的真性情，让我为之动容，心生敬仰。

从西藏回到江苏以后，经常有人问马连义先生："你在西藏待了这么长时间,最深的感触是什么？"他说就是懂得了两个字。什么字？"人类"。

马连义先生时不时会怀念起四十几年前他跟藏族县委书记阿扣，还有一个藏族翻译一起共处的日子。回想起他们三人在草原上骑马 43 个日日夜夜，那时，在无人区跑一天也看不见一个人影，晚上三个人就住在一个很小的帐篷里。他清清楚楚地知道，那方圆 100 公里内，可能也就只有他们几个人，而旷野上那些野狗、熊、藏羚羊以及其他物种反而是多数。他们那次去草原的工作任务，是推行家庭联产承包草场。

“当初从学校毕业，戴大红花，同学、老师、列队欢送。省领导接见。火车经过长江大桥，见到战士敬礼，作为大学生的我陶醉在锣鼓鲜花中，以为是专门给我们敬礼，后来才知道所有经过这里的列车都接受敬礼。那个年纪，很难把握花团锦簇。”马连义先生在回忆自己的过去。

“1977 年 5 月 23 日从南京出发，9 月下旬才到单位，曲曲折折 100 多天，藏北已经下雪了。锣鼓声没了，鲜花也没了。只有无边无垠的大雪在陪伴。我们在一望无际的草原上骑着马，仿佛天际线上的三个黑点。”

那个时候，马连义先生才二十出头，县委书记也就三十几岁。一路上，书记把自己从小如何在农奴主家干活，8 岁的时候如何给解放军做向导等经历，都讲给他听。书记把会唱的五六首歌，反反复复唱了几十遍。面对那么一个高远的天空，马连义先生感觉到在这个地方，似乎人是没有高低贵贱之分的，人类就是一个共同体。后来再谈到人类命运共同体，他对此特别有感触。

有一个叫吴雨初的人，也是他们 2000 多个同学里面的一分子。马连义先生一直认为这个人是他们同学里面最优秀的，尽管同学中后来也出了国家级和多名省部级领导，还有从事科技和其他行业的人才，但是，马连义先生一直敬佩的还是吴雨初，特别是他那“缺氧不缺精神，艰苦不怕吃苦，海拔高境界更高”

的可贵品质。

吴雨初在基层干了很多年，一直埋下头来，扎根于西藏，从认识到行动，服务于西藏。回到北京后，吴雨初曾任北京市委副秘书长。一次，马连义先生到他家里去做客。发现他的家就是小小的“西藏办事处”。家里地板上，坐着五六个藏族人，楼梯口堆放着藏族同胞用牦牛绳做的包。草原上那些人来北京办事就找吴雨初，带点儿牛肉，带着垫子就睡在他家的地板上。后来，吴雨初回到西藏创办了牦牛博物馆，他说：“一般人认为西藏文化就是宗教文化，宗教是西藏文化的重要组成部分，但远远不是全部。畜牧文化和游牧文化是西藏文化中非常有特点的一部分，而做牦牛博物馆其实就在保存畜牧文化。”

他们两个人年轻时关系就很好。当初，吴雨初在一个叫嘉黎县的地方，马连义在安多县，他们没见过面，但是一直通信。他们俩第一次见面，是吴雨初从家里直接跑到安多来。那时候，马连义家的房子大约六七个平方米，一张床，一个铁皮炉灶，一张桌子。他们挤在床上聊天，各自诉说着那片草原上一个又一个美丽动人的故事。他们也读了不少文学作品，感觉到没有一部作品能够真实贴切地描述藏北草原。他们商量，一起写点儿什么？于是就列了个方案，晚上睡觉前先聊一个题目，说一个梗概；第二天，一个出初稿，另一个负责整理。每天马连义干七八个小时，吴雨初干七八个小时；一天一篇，一篇约 1 万字，12 天他们完成了 12 篇！ 1980 年，他俩创作的以西藏为题材的第一部短篇小说集出版了。

当年在文代会上，《人民文学》副主编崔道贻听了他们的故事后说："了不得，了不得！两个来自江南的小伙子，在藏北草原那个地方，在一个很小的房子里，12 天没有出门，买了一箱挂面，投入写作。他们身上那种'能吃苦、能战斗、能忍耐、能团结、能奉献'的牦牛精神，值得年轻的同志们学习！"

有人说，在西藏想做成事情有三条路：当干部，搞文学，做一点事业。马连义先生都尝试过了，都有一些小的成绩，但是都没有继续往下走。他说："一个人，当你把自己放到天地之间，到了这么一个大的空间里面的时候，你必须顺天意。自由是虚的，不存在的。"

在那曲待了 14 年，马连义先生先后担任那曲地委组织部副部长、地委秘书长。他把藏北 38 万平方公里全部走下来了。再后来，他又把西藏自治区的 50 多个县跑了一遍。本来人已经回到内地，结果中途又被组织部门召唤回去。分派到了拉萨，给某区委主要领导做过一阵子秘书。

那个区委主要领导是兰州大学哲学系毕业的，干过公社书记，做过地委书记，此前担任甘肃省委副书记。身上颇有林则徐、左宗棠这些封疆大吏的气魄，他们一起跑遍了羌塘草原。

彼时，经常召开党政干部大会，要求所有的干部都参加。书记讲话比较全面，每次都要准备 1 万多字的报告。一路走来，马连义先生基本上就帮区委主要领导把五十几个县的讲话报告都写了下来，大约有 70 万字。

他们隔一天就在山路上走。基本上是早上出发晚间到，每从这个县到那个县去，下一个县的地委秘书长就把材料送过来，他们在车子里面先看一遍，到了驻地，从拟稿到出稿一般都要10个小时，甚至更多。那个时候身体真的好，领导下了车开始休息，他们几个人也就开始准备写第二天上午的讲话稿。晚上一个字还没有，他们几个人、电视台的人、对方办公室的人等七八个人围坐下来，马连义先生就跟他们讲提纲，其他人便记下来整理两遍。一开始每篇讲话稿都得给区委主要领导审稿，后来领导越来越放心，也就基本上不看了。经历这段过程，他们就把西藏自治区的情况了解得非常清楚。

“在西藏吃了很多苦，因为物质条件匮乏，那个时候的苦确实是难以想象的。我回家乡做上海知青纪念馆、做野鹿荡保护地的时候，我老是跟他们讲，其实一个人像根弹簧，能承压、有弹性，你只要不死，还能吃很多苦。对于苦难的认识，有的人谈起时不免夸大其词，有的人谈起时沾沾自喜，其实苦本身没有什么意义和价值。做有意义的事情才有价值。”这是马连义先生对苦的另一种认知。

回到内地再说在西藏曾吃过的苦，还有许多人不太相信，把去西藏当作猎奇，其实这些都没有多大意义。要说物质上有多苦，或者说西藏有多神秘，多么好玩，或许对普通游客是有吸引力的，但对于真正在西藏待了很多年的人来说，可能也就真的是熟视无睹了。

那个时候西藏要出一套书，邀请马连义先生写一篇文章。他就写了一篇《西藏生活的幸福瞬间》，讲述了9次遭遇生命危险的过程。当一个人从性命攸关到转危为安、脱离危险的时候，会突然感觉到很幸福。

幸运并不总是眷顾所有人。和他们一起援藏的同学李泉昌，为一个支持西藏的项目勘探路况，不幸坠入怒江，时年33岁。追悼会上，余竟来先生作悼词，泣不成声。马连义先生抱着李泉昌的骨灰盒，从那曲一直送到无锡他老家的后宅。有好多个他的朋友在西藏献出了生命，都还年轻。后来，盐城籍西藏援藏人员共同编了一本书《曾经的家园》，将他们的经历以口述的方式整理出来，书出版后影响很大。

如果真正要做这种刻录历史的事，在西藏就会遇到这样那样的问题，各个阶段各个阶层各个领域的素材太丰富，已经丰富到不可想象的地步，而且有好多事情都是不可理喻的。你会情不自禁地感慨：怎么会在那个地方出现这么多情况！

"无论你在西藏待过多少年，你是一个援藏干部，那你就是西藏人；无论你跑到哪个地方，你的这个身份的烙印都不会泯灭；无论做任何事情，你的言行都是以此来参照的。"马连义先生激动地说。

从西藏回到内地，但凡参与大一点儿的事情，他就对标西藏。野鹿荡自然保护地、暗夜星空是怎么做出来的？草原满天繁星，透过帐篷缝隙就是银河系。如果没有在西藏的经历，他也不可能在大丰这个地方凭空想出一个暗夜星空保护地。这就是西藏的印记，那个地方有一个望星的民族。

马连义先生在西藏的同事中有个人就是唐古拉山扎曲部落

的，他说，他家里祖祖辈辈的男性晚上不在屋里睡觉的，都要在屋顶上看星空。问这是干啥？回答说不知道，祖祖辈辈就这么传下来的，就是一个望星的民族，所以他们到了内地，有时看到人与人之间有隔阂，甚至为了很小的事情纠缠，就很不理解。天地那么宽，这点儿小事算什么？从西藏回来的人，有一种别样的博大的胸怀。

多年以后，马连义先生回到内地，他的行为方式、他对事物的认知都改变了；慢慢地时间长了，脸上的高原红渐渐褪去，但是，有些印痕不会消失。

“年轻的时候不要紧，老了骨头都疏松了。骨头是产生血的工厂，这个时候它生产血少了，慢慢的身体就会出现这样那样的毛病，这就是几十年前的一个病，它累积下来了。所以，从思想到行为，到你这个具体的人，在西藏工作的这一段的烙印，伴随着你一生，甚至会伴随着你的子女。其实我们现在做的事情都是那个时候的延续，是西藏精神的延续，会推动在西藏的那一段历史往前走。你跑不掉了，你就是一个地地道道的西藏人！”这是马连义先生融入骨子里的西藏精神。

此刻的马连义先生心静如水。他说：“生命的意义在于经历，经历过的事情永远不会磨灭。我喜欢此刻的寂寞。现在我老了，当时一起建设野鹿荡的两位同仁已经先后离开人世，但暗夜星空还在，野鹿荡正年轻。”

随着太阳余晖的消散，满天繁星逐渐显露。星空从本场人茶馆的屋顶一直延伸到远方的地平线，仿佛与野鹿荡的湿地相连。这片奔流入海的神奇土地，愈发令人期待和向往。

茶馆的宁静，让我感受到了寂寞人生的价值，也令我更能静心地去思考、体悟生命的真谛！我也喜欢此刻的寂寞，因为它让我倍加珍惜与马连义先生这样的智者共处的时光，让我更加期待未来的探索与发现。

我和马连义先生都沉默起来，时间仿佛在此刻凝固。只有茶馆里的琴声在耳畔萦绕："渭城朝雨浥轻尘，客舍青青柳色新。劝君更尽一杯酒，西出阳关无故人。湍行，湍行，长途越渡关津。历苦辛，历苦辛，历历苦辛宜自珍……"

第三辑

太阳出来，星星就看不见了

太阳出来，星星就看不见了

昨晚散步时，偶遇张先生，和他聊了一会儿天。无意说起怕老婆的话题。他说怕老婆当然首推某市了，某市的男人怕老婆在全国都出了名。

怕老婆不是丑事。掌握好“火候”的怕老婆恰恰是男人绅士风度的表现，是一种境界，是一种修养。远在天边，近在眼前。其实，张先生就是怕老婆的人，在朋友圈子内是出了名的。

家有家规，每晚 9 点前，张先生必须回家，如果到点不回来，需要说明情况，为什么还没到家？是在加班，还是在外吃饭？还有哪些人在加班？和哪些人在一起吃饭？在什么地方吃饭？为什么事吃饭？情况特殊，可以，那几点回来？超过一分钟，当晚他是进不了这个家门的。

张先生有张先生的苦恼，也有他的幸福。张先生儿子在南京大学读书，二人世界的两口子，日子过得也有滋有味。业余生活中，他们俩打发时间最多的娱乐活动是“掼蛋”和下象棋。张先生最喜欢“掼蛋”，两人制的“掼蛋”，张先生赢的机率高，心情好的时候，“放一放”，让老婆也赢几把，开心开心，但大多数情况，是让老婆输得彻底，这就叫男人的“骨气”。

张先生的老婆更喜欢下象棋。上个星期天，晚饭后老婆提出“开心两局”。八招之后，张先生便胜局在望，老婆脸拉长了，硬说马可以走“田”字，因为是千里马，张先生忍了！

老婆又说兵可以倒退走，是特种兵，张先生忍了！她还非得让象过河，说是小飞象，张先生也忍了！最过分的是，老婆的炮可以不用隔棋或者隔两个以上都可以打，因为是高射炮，张先生还是忍了！

忍无可忍的是，老婆的车可以拐弯，还振振有词说哪有车不能拐弯的嘛！这些张先生全部忍了，继续艰难锁定胜局。但最后，老婆竟然用张先生的士，干掉了他的将，说这是潜伏了多年的间谍，特意派来做卧底的！

最后张先生的老婆赢了，于是老婆愉快地去泡茶、削苹果、递酸奶、铺被子……张先生享受着“皇帝”般的生活。

某日，单位组织了一次工会活动，邀请各自家里“另一半”也一起参加。同事之间玩了一个“真心话大冒险”游戏。主持人追问张先生为什么怕老婆？两口子又是怎样和谐共处的？

有本事的男人爱老婆，没本事的男人爱自己。张先生向同事们道出了原委。张先生说：“家不是讲理的地方，家和才能万事兴，和谐才共赢。”张先生认为在家里，控制情绪很重要，良好的沟通是幸福的基石。张先生的观点是，和老婆讲道理的男人智商都有严重问题。

这个时候，张先生的老婆接受了主持人的专访。主持人问：“您觉得张先生有缺点吗？”老婆说：“多如天上繁星，数都数不清！”

主持人又问："那张先生优点多吗？"老婆又答曰："很少！少得就像天上的太阳！"主持人不解地提出："那你为什么与张先生结婚20年，还如此恩爱？"老婆很智慧地回答主持人："因为太阳一出来，星星就看不见了！"

多经典！珍惜自己的伴侣，这个人才是陪你最久的人！记得电影《叶问》里面，叶问说的一句话：那不是怕老婆，那是尊重。

张先生实在是太高明了！

谁是贵人

有句话说得好：“千里马常有，而伯乐不常有。”最好的千里马，也得遇到伯乐，只有受到肯定和鼓励，你的潜力才会被充分挖掘。

我看到这样一个故事。电影《雄狮少年》编剧里则林，当初认识作家刘同时，他还是一个不起眼的学生写手。他的文笔非常好，写出的文章生动细腻，但他却时常否定自己。为了鼓励他，刘同经常把他的文章分享到微博，借助网友的鼓励帮他建立信心。大学毕业那年，他想出一本自己的书，奈何没有资源和人脉。刘同就主动联系他，千方百计地帮助他找出版社，让他的作品得以出版。毕业时，他父母反对他继续写作，甚至停掉他所有的生活费，他被迫妥协，直到作品稿费下来，才有了去北京闯荡的机会。而刘同知道后，又想方设法为他提供工作岗位，直到他在北京站稳脚跟，逐渐成名。回忆这段往事时，里则林充满感激地说：“如果当初没有刘同的相助，就没有今天的我。”

人这一生，重要的关口就那么几个，遇到贵人，也要自己努力。朋友奚红军先生就是这样的人。他 16 岁一个人从大丰来到成都创业，靠着坚持不懈的努力，打下了属于自己的一片天地。

三十年的奋斗，他已成为大丰在外的杰出乡贤代表。

今晚与奚先生茶叙时，聊到靠父母与靠自己的关系。他说：“小时候靠父母是理所当然的事，长大了还靠父母，那叫啃老。父母只养我们一程，不能养我们一世，自己的路要靠自己走。”

路要靠自己走，多好的话！

如果把岁月比喻成一条长河，那么一生中一定会经历风风雨雨，很多事情只有自己亲身经历过才知道。人生如同攀岩，一味地去靠别人，只会一起坠落；若松开手，独自翻越，脚步越来越轻，胜利才越来越近。

正所谓“好风凭借力，送我上青云”。我很认同这样一段话：人最大的运气不是捡到钱，而是某天你遇到了一个人。他打破了你原来的思维，提高了你的认知，带你走向更高的境界，这就是你人生的贵人。

奚先生也有贵人，他的贵人是同乡宗柏山先生，柏山先生在成都税务局做局长。说是贵人，不如说是引路人。他教育奚先生如何做人，如何讲诚信，如何奋斗，如何坚持，但坚决不帮他说情打招呼，你的事你自己解决。

宗局长在很多年前就给奚先生讲述过“靠人不如靠己”的硬道理。苍蝇叮在马尾上，虽然比自己飞行更快，但终归是跟在马的屁股后面；茑萝依附着松树往上爬，虽然可以爬得更高，但终归是仰仗松树爬上去的。正是因为宗局长在思想理念上的相助，奚先生一路走来，只靠自己。

想想也真是这样，靠人能靠一辈子吗？你说牵牛花离开了木架，不就成了一摊无骨的软藤？爬山虎失去了墙壁，不就成了一份狼藉？向日葵孤身挺立依然结出粒，而仙人球独自拼搏也能开出花。从植物看事实，从事实看本质。越是依附，越容易败落；越是靠自己顽强生存，越会变得更出色。

人生亦如此。我想,人的成功固然离不开人脉等因素的帮助，但要想成就一番事业，不能完全依附他人，更重要的是自己要有真才实学。

“我不是拿破仑，不是达尔文，更不是爱因斯坦，我只是我自己，一个普通的人。我改变不了出生于农村的历史，只有靠自己的努力来改变自己。有人可以扶你一把，却扶不了你一生，所以人世间，你自己才是顶天立地的英雄，只有相信自己，打拼自己，你的路才能走得更加坚实。”奚先生的一番话，道出了人生的大道理。

这世上哪有谁是谁的贵人？我的理解是，没人愿意帮一个没有价值的人，因为他从你身上看不到希望，所以他不愿意帮助你；如果你的人生历程真的遇到了助力你梦想成真的贵人，只能说明你很优秀或者接近优秀，所以贵人才出手相扶，而大多数时候，自己才是自己的贵人。

人生靠自己，永远有底气！

遗落于光阴中

人若一生智慧，且能顺势而为，则万事皆有可能。但时刻保持一颗清醒的头脑，却是一件很难的事。为什么这么说？一个集团公司老总，掌控 1 个亿的工程，他心里有数；在 300 个亿的负债、400 个亿的工程面前，他着慌，面对各方面的围猎，他头脑难以清醒了。

说工程铜臭，聊散文酸美，谈清醒可以。前些天，我有幸与史志年鉴分社社长蔡荣治先生聊了许久。说到散文要多一些烟火气，多一些心得体会，我很有认同感。在谈到如何做人做事时，他提到“清醒时做事，糊涂时读书，大怒时睡觉，独处时思考”。其实，99% 的人是做不到的，仅有 1% 的人可以做到，那也绝对是“人精”。

这个世界毕竟还有这样的人存在。我向蔡先生提起属于 1% 的一个人，他可能不为世人所皆知，但他很伟大。能够在逆境中坚持自己的信仰，在功成名就时急流勇退，这就是活得明白、思维通透，在人间算得上是一个清醒的人。

有吗？当然有。

他是中国历史上的一代奇人。他做官，两度称相，经商三次集得千金家产。死后，他被商家奉为财神。他官至卿相，却不贪恋荣华富贵；他坐拥千金家产，却兼济天下；他出世入世，却满眼是天下苍生。依我来看，他能在那个烽烟四起、战火连天的年代，保持人间清醒，让自己的天赋人格历经千年依然熠熠生辉，实属不易。

他，就是春秋时期越国的范蠡。

人生历风雨，世事多磨难。什么时候该做什么，什么时候不该做什么，无不考验着我们的智慧。清醒的时候做事。人生难以事事周全，但我们在清醒的时候用心做了，即使不周全，至少自己还可以接受自己。

人生在世，谁都有感到糊涂、迷惘的时候。也有这样一个人，他从 20 岁到 27 岁，用了 7 年的时间，阅读了 2500 本书，但是，他的生活却一塌糊涂，欠着 400 万的债，住在“老破小”的筒子楼里。这个人就是《书都不会读，你还想成功》的作者二志成。

看到他的经历时，我产生了疑惑，难道读书没有用吗？为什么读了那么多书，生活还是很糟糕？原来读书并非读读而已，最正确的读书方法是用心而不是用眼。尤其是明明觉得自己做得没错却不被理解，于是委屈、不满甚至沮丧等情绪便都涌了上来。

有时，人感到“糊涂”并非坏事，这说明心已经开始成长了。

人在清醒的时候应该多读书，偶尔糊涂的时候更应该读点儿书。

每个人对书的体会不一样。早上一同运动的张哆，晚上睡觉前看书不超过三页纸，必打呼噜，书是他入睡的“催眠纸”。

有段时间，我也一直在探寻什么是幸福，每天都在纠结一个抽象又复杂的问题：怎样才能过得幸福一点儿？苦苦思索无果之后，我选择了读书。晚饭后的一大段时间，用来与书相伴。每当我翻开书本，扑鼻而来的是淡淡的油墨香，时不时能闻到一股清新的空气味道，如果条件允许，我真想搬到里面入住。我很享受这样的境界，更何况是在偶尔糊涂的时候，不妨给自己充充电，在别人思想的帮助下，建立起自己的思想，那不是更好？

蔡先生问我，人在大怒的时候是否要提醒自己呢？当然！怒字，上为奴，下为心。怒是一种情绪的表达，但如果内心成为情绪的奴隶，被自己的情绪控制，这时候做出的判断及举措是极度危险的。

人生万千，世事无常。岁月流转，那些遗落在光阴中的往事，总有些遗憾。人要保持足够的理智，不要在愤怒的时候做出决策，否则可能面临的就是一失足而成千古恨的悲剧。

我看《三国演义》时，总是为曹操感叹，又为张飞而感伤。曹操因为一时大意，怒火激起，在赤壁之战前夕，中了周瑜设下的圈套，一怒之下杀掉了水师提督蔡瑁、张允，事后曹操肠子都悔青了，这也为赤壁之战的失败埋下了祸根。在不清醒的状态下，有万夫不当之勇的张飞，却死在两个无名小卒手上。可怜张飞一世英名，与其说死在部将手下，不如说是死在不清醒的状态下。

稻盛和夫曾经说过："你的人生生存的内容往往都是你头脑中思维的产物，你的认知决定了你的人生质量。"我反问蔡先生：

“世界上最难的事情是什么？”不是跟他人建立感情，不是展开一场社交,而是“认识我自己”。喜欢独处的人,才是真正的“人间清醒”。人生一定要有足够多的独处的时间，让自己静下来，独处的生活才是真正属于自己的生活。

人生在世,十之八九不如意。不想八九,常思一二。现在看来,思考并提升自己，每周审度，没有任何区别；每月考察，差异微乎其微；年终盘点，差距也聊胜于无。一周、一月、一年，好像也没什么明显进展。然而，坚持十年再来看呢，那就是身体和精神状态的巨大分野。如果坚持了二十年、三十年,再看的时候,也许就是跨越了原本认为不可企及的鸿沟。

超越了糊涂人生，靠近理想人生的光明，追随光明，手举光明，最后才能发散光芒。

反省自己，是认识自己的最好途径。晚上静下心来，我给了自己一点儿独处的时间。再次反过来思考蔡先生说的话：“清醒时做事，糊涂时读书，大怒时睡觉，独处时思考。”不无一定的道理。

遇　见

在与茅名鸣老师茶叙时，我脑中一直萦绕着陀思妥耶夫斯基《卡拉马佐夫兄弟》中的那句话："最要紧的是，我们首先应该善良，其次要诚实，再其次是以后永远不要相互遗忘。"

每个人都有自己的人生价值标准，没有对错之分。但我最佩服一种人，他们在追求自己人生价值最大化的同时，成就了自己，也成就他人。这是我欣赏茅老师的主要原因。

"人为什么要活得有价值？也许是怕被遗忘吧！这是我的揣度。这里的遗忘，不是指时时被提及，而是在你走后，世界没有留下你的任何痕迹，仿佛你从未来过。这些都不重要，重要的是我的学生这一次又全通过了！"茅老师是某地公考培训的首创者，成就了一大批公考学子。

在某短视频平台上，有他的视频号，我关注了。镜头前的他，总是精神抖擞、声音洪亮。视频里说的内容，是他的三观、智慧和谋略。他虽已年届花甲，但斗志不减、干劲十足。所谓成功人士，我想大概都是这样的，他永远不会提醒自己的年龄，更不会要求自己的行为举止符合自己的年龄和身份。他坚守自己的品格和做人准则，其他都是浮云。

世界上所有的惊喜和好运，都是个人累积的善良。懂得感恩，才能拥有一生的爱和幸福。

有时想想，教育其实很简单，就是先让自己善良起来。现在最大的问题是，教育者缺乏的，却让学生拥有，岂非缘木求鱼？没有什么不留痕迹，只要出现过，总会在学生的心里掀起波澜。

电影里说，遗忘才是终点。可有人怕他们还没有互相遗忘就已经到达终点。茅老师不指望学生记住自己，他只是学生一生中的过客而已。

“在希望的季节，在时间的长河里，在花开的时节，总会遇见最美的自己。”茅老师跟我说。

相逢何必曾相识，遇上了，就是缘分。我们不必去奢求永远，只要曾经帮助过，诚实以待，温馨的往昔都会留存在记忆中。不要害怕被遗忘，只要彼此付出过，我们就不会相互遗忘。

自在而为，随性而来，因为相信美好，所以坚信未来会更美好。当时光倒映出过往的经历，记忆中的山丘上依然长满了植被。这一路走来，茅老师习惯了用坚强来与人生相伴；同时，他也用内心的善良与感恩，让自己不负时光，遇见更好的自己。

秋蚊杂记

我一直以为夏天的蚊子最多，可在这个秋天，我反而感觉秋天的蚊子愈发猖獗起来。

立秋一过，天气忽冷忽热，一会儿秋雨绵绵，一会儿艳阳高照。这些日子，空气湿润，相比炎热的夏天，蚊子在气候凉爽的秋日可能活得更“舒适”，那么，咬起人来自然也更带劲。

昨天晚上下班后，我到投递点拿快递，在门外绿化带边上稍停留两分钟，就被蚊子围攻，即刻给我送上几个“红包”，奇痒难忍。太太开玩笑地说：“蚊子总是喜欢叮你，是因为你的血液比较甜！”

蚊子是最让人讨厌的物种之一，因为它不光会叮到人身上，咬出好多个大包，其中的毒液甚至还会导致皮肤过敏。今天早上发觉，昨晚被秋蚊“亲吻”后的印记还留着，仍有痒感。

很多人都期盼着夏天早点儿过去，可让大家没有想到的是，好不容易熬过了夏天，蚊子不光没有消失，反而变得更加厉害，叮到身上就不松口。我也真是无语了！

为什么温度降低后蚊子仍旧那么多？为何秋季反而蚊子更多？我请教了生物专家杨教授，他说：“主要原因在于秋天昼夜温差大，入夜之后，蚊虫需要进入温度较高的室内，保持正常体温。其次，秋季是蚊子繁殖的季节，处于繁殖期的蚊子才会表现得更为凶猛。”

我上网搜索，网上是这样解释的：“中国自古就有‘秋后蚊子猛于虎’的说法。被秋蚊子咬一口，要红肿好几天，而且比被夏天的蚊子咬后更加痒，真让人费解又痛苦。”

太太回来跟我开玩笑，说：“异性相吸，只有雌蚊子才会咬你，雄蚊子根本不会光顾你。”原来，母蚊子是嗜血的生物，它们的雌性成虫需要依靠吸取人或其他动物的血液来获取维持生命活动与繁衍的必要养分。而雄性蚊子成虫通常不具备能刺穿皮肤的口器，因此只能够吸食花蜜或其他流质，对血液并不感兴趣，所以叮人的蚊子确实都是雌蚊。

真是怪了，今天晚上我在书房阅读，这个时候，又有一只蚊子在我身边飞来飞去，嗡嗡作响。我一看，一只白中带黑、黑中有白的大蚊子，在我右臂上吸血；我一拍二拍三拍，都没拍到蚊子。秋天的蚊子也非常聪明，它来回跟你“玩”。

我们说拍死一只秋蚊子，等于消灭千个“蚊二代”。这是有一定道理的。蚊子一般都不能过冬，但也有不少越冬蚊，到了冬天这些蚊子会在柜子角落、暖气房等稍温暖的地方冬眠。所以，为了积蓄能量过冬，蚊子会在秋季拼命吸血，以积蓄更多的能量。越冬蚊的个体数量会直接影响到次年的蚊虫数量与种群密度。

我在想，生物在地球上发展繁衍最本质的两个追求，那就是活着和繁衍后代，这也是地球生命可以发展繁衍 38 亿年的重要因素。放眼望去，所有的物种都是如此，人类自然也不会例外。

其实，蚊子的危害是很大的。在造成人类死亡的动物当中，蚊子排在第一位，而且远远超过排在它后面的所有动物，不管是什么老虎、狮子、大白鲨，对人类造成的威胁都远远不能跟蚊子相比。

平时我们大规模去嗔恨、杀害蚊子，蚊子也会报复，也会有嗔恨。实际上蚊子很“可怜”，它的正常寿命最短只有不到七天，最长也才一个月到几个月。这么短的时间，它也有自己轰轰烈烈的一生，要走完幼年、成年，要经历交配、繁衍和老死这些过程。在蚊子的一生中，有太多机会被人发明的各种方法消灭，它们也会有痛苦吗?

虽然蚊子的确非常令人讨厌，但地球上的每一种生物都有它存在的意义。对于生物圈来说，蚊子的存在是非常有意义的。蚊子的幼虫是地球水系统里成百上千种鱼类的食物来源，也是蜻蜓、壁虎和蜘蛛等的食物来源之一。

如果蚊子全部从地球上消失，那么最坏的结果就是有可能引发一轮全球生物的大灭绝。从某种意义上来说，自然界中的每一种生物都不是多余的。

对于我来说，在舒适的环境里，自己与自己讨论一种生物存在的意义，说实话是非常自私的。

不错，秋天的蚊子叮咬着实烦人，但是换位思考一下，蚊子对保持生态系统的平衡却有很大作用。这种价值还不是物种自身的内在价值，因为生态平衡对人类也是有益的，只不过我们看这个问题时需要不那么以自我为中心。

每类动物都有自己的快乐和苦衷，每个人也都有自己的快乐和苦衷。子非鱼，安知鱼之乐？子非我，安知我不知鱼之乐？

是的，我们人类还没有完全读懂蚊子这个世界“精灵”。

身体的“零件”不好配

“刚刚在好友信息中看到你的步数，身体好了吧？还是要好好休息呀！”“别忘了，一定要好好静养，不可掉以轻心！许多事可以慢慢来！”

好友奚东雷先生时常关心问候我，让我要善待自己，令我很感动。

奚先生开导我说，人生什么是最重要的？金钱、财富、名利、威望，还是成就？其实把这些统统抛掉之后，还是生命最重要，没有生命，对于你来说，这些东西都是零。

唯有健康的身体，我们才有资本去工作，去创造未来，去享受人生，不是吗？有时，我们总觉得，只有熬夜，才能显得自己忙；我们总觉得，只有忙碌，才能得到所有。但，有些东西，是熬夜和忙碌换不来的。

今天中午回去看望老父亲，跟我聊起邻居张先生。这次疫情张先生中招了，高烧不退，75% 的白肺，血糖高达每升 30 毫摩尔，在人民医院治疗。这让我明白，在病魔面前，人终究都是弱者，人能熬得过生活的苦，可是身体却熬不过病痛的折磨。

前段时间，某主持人发了一个微博，面色苍白，穿着病号服。虽然言语中依然乐观调侃，他解释说自己没事，但我们都明白，人到中年，身体已经开始走下坡路。人生啊，拼来拼去，其实到最后还是得拼健康。

汪涵的一句话，更是警醒无数人。关于健康，汪涵如是说："累病了之后才知道反省，身体是革命的第一本钱，世界少了你还是世界，你少了自己就没有了一切。"

在健康面前，人永远都没有讨价还价的余地，一场大病，就是一次灾难，它随时可以摧毁一个人的世界。现在想来，奚先生的提醒是对的。健康是一种责任，很少人能明白这一点。

你身体的"零件"还好用吗？不管多忙,不管生活压力多大，都请记得善待自己，因为身体的"零件"很贵，还不好配。

通透

“这个人活得好通透！”这是江波大姐时常褒奖他人的最好语言。

我查了一下，“通透”这个词，在《朱子语类》里说：“凡事见得通透了，自然欢说。”意思是说，凡事见得多了，明白自己想要的是什么，也就通透了。

鱼和熊掌不可兼得，人生路上不可避免要有所选择，有所放下。学会选择，懂得放下，这是一种最朴素的通透。

小时候我听过一个故事，说火车马上就要开动了，一个人慌张跑过来，却在上车时被门挤掉了一只鞋。这时火车开动了，这个人立马脱下另一只鞋，用力扔向第一只鞋子掉落的地方。有人问他为什么这么做，他说：“已经丢掉的鞋子，何必再去留念呢？还不如给捡到的人一双鞋呢！”人生在世，不过两个词：拿得起，放得下。很多人往往只做到了“拿得起”，却忽视了更重要的“放得下”。

活得通透往往是智慧豁达的人，内心澄明，做事诚实可靠，遇到困难有担当的人。杨绛先生的活法，我觉得是非常通透的。她说：“我和谁都不争，和谁争我都不屑。世界是自己的，与他人毫无关系。”这位百岁老人，穿越百年风雨，经历了无数次坎坷洗礼,向世界昭示着温柔宁静之美。当“我们仨”只剩下她一人,她将无边的悲痛隐藏于内心，依然保持着一贯的优雅从容。

“富贵如浮云，朝来而夕逝。”最近一段时间，我再读《红楼梦》，体会又深了一步。红楼的繁华，不过是一场梦。既是梦，终究会醒。何必要贪那些不得之物呢？倒不如案几上的菊花和两部书所带来的价值有益。

话说刘姥姥二进荣国府时，贾母带着刘姥姥去参观薛宝钗的屋子，只觉“雪洞一般”一色玩器全无，案上只有一个土定瓶中供着数枝菊花，床上只吊着青纱帐幔，衾褥也十分朴素。薛宝钗为何不将屋子装饰精致些，就如一般闺阁少女那样？宝钗生于“丰年好大雪，珍珠如土金如铁”的皇商富贾之家，竟对珍器重宝毫不在乎，如此简洁朴素，这就是宝钗的通透之处，亦如她自然淡泊的性子。

活得通透的人都有大格局。江大姐住在海棠花园高层，她总是用“看风景”理论教育自己的女儿。站在17楼往下看，则处处都是好风景；若站在2楼朝下看，或许看到的是一些垃圾。一个活得通透的人，在他心目中，云卷云舒是风景，花开花落皆美丽，月缺月圆顺规律，酸甜苦辣皆适味，悲欢离合是常事。你看这心态，多好！

《菜根谭》中有云：“君子如水，随方就圆，无处不在。”启功先生的书画非常出名，并且价值不菲，所以仿冒他笔墨的人多如牛毛。有一次，他和几个朋友来到一个专营名人字画的店铺，刚好碰到一个自称“启功弟子”的人在店里向众人推销“启功真迹”。启功看了那几幅所谓的真迹后，发现那个仿冒者的水平很高，模仿得形神兼备，足可以假乱真，于是笑着问：“你为什么要仿冒我的字画呢？”假弟子尴尬地哀求道：“实在是因为生活困难才出此下策，还望老先生高抬贵手。”就在众人仍不依不饶时，启功笑着对那人说：“既然是为生计所迫，仿就仿吧！”朋友都感叹启老的豁达洒脱，启功又爽朗地笑道：“人家用我的名字，是看得起我，我又何必小家子气呢？”

江大姐之所以用“这个人活得好通透”来表扬人，跟她练过太极拳有关。她懂得要想功夫向前进展，必须先要打通任督二脉，其次是小周天、大周天。大周天通了，习练者才能气血贯通，全身运转自如，武艺才能得到全面提升。

我想，人生亦是如此，活明白了、通透了，才算达到了生活的最高境界，看清生活的本质，看透人生。

通透对于我，对于江大姐，对于任何一个人，都是一种生活境界。这种境界不是外在的光鲜亮丽，恰是内心的自然舒适。不为琐事所扰，不为俗事所困，不被自己束缚，活得通透，才会更加优秀。

退休之后

退休是人生的一个必经阶段，是另一种生活方式的开始，是许多人都会面对的一个现实。

奚锦荣先生是我过去的老同事，一天，接到他的电话，告诉我："曾经以为很遥远的事如期而至，不知不觉人生已经过半，感叹时光太快，岁月无情。下个月退休，我不用上班了。"

我一震："这么快你就退休了？""是的，快呢！离开了工作多年的单位，一个人守候在家里，未免感觉有点孤独。现在想来，工作着是快乐的，是幸福的。"他答道。

退休后的孤独，其实也可以是一种美好时光。退休不怕孤独，可以在心中与自己对话，与书籍对话，与音乐对话，与社会对话，与朋友对话，与家人对话，让自己变得更加充实。

岁月如白驹过隙，奚先生转眼就将离别曾经工作了一辈子的地方，有点莫名的伤感。我真的很理解。走过熟悉得不能再熟悉的林间小道，好像又回到了青春年少。那是什么感受？

有句话叫作"人生从退休开始"，说的是一种状态，一种心态。在看尽人间繁华之后，有机会，有能力，真正开始做自己，做真正的自己。其实，从什么时候开始都不晚。

追梦，也许到达不了最高的顶点，但沿途的风景足以慰藉生命。

退休之后，用运动治愈疲惫的身体，也治愈郁闷且闭塞的心，青春的力量将再次重返于自己身上，这是幸福的体验。

退休之后，做点儿善事，投身公益事业，身有所寄，情有所依，在帮助他人的时候取悦自己，那是赠人玫瑰，手有余香。

退休之后，可以做自己喜欢的事，阅读、垂钓、养花、下棋、唱歌、跳舞、写书法、摄影、健身、出游……以往想做而无法去做的事，想去而去不了的地方，都可以尽情地去做，自由地去实现。

退休之后，不给社会添麻烦，少给子女加负担，退休生活就是“诗画田园”生活。

退休之后，还能做个被人需要的人，还能成为备受尊重的人，这是更高一种精神追求，也是心灵获得宁静的不二选择。

“谁道人生无再少？门前流水尚能西！”一个始终在路上的人，一个追随梦想大步向前的人，岁月也会对其温柔以待。

我们每个人从步入社会的那一天起，就为了生活而工作，不论你喜欢或者不喜欢，日复一日，忙忙碌碌直到退休。然而退休，并不是停止，亦非终结，而是翻开了新篇章；退休是人生的转折点，也是精彩人生的开始。

春夏秋冬，风景各异，各有精彩。人生不同季节有不同季节的亮点，退与不退，一样光彩！

一碗茶的深思

我上小学的时候，语文老师姓谢，叫谢继康。谢老师是下放在我们生产队里的知青。

有一年暑假，正值高温季节。一天中午，我去谢老师家借书看，谢老师在家里一边看书一边喝着大麦茶，八仙桌上还备了一大脸盆大麦茶。

“这么多大麦茶，怎么喝得掉？”我问谢老师。

“这是给生产队里的社员备着的，下午他们集体为棉花除草，要除到我家门口，到时候请他们来家里歇歇脚，喝点大麦茶，解解暑！”谢老师道出了备茶的原委。

谢老师是生产队里的“老秀才”，是个大好人。他在帮我选书的过程中，还给我讲了明朝皇帝朱元璋和老农喝茶的一个故事。那场景，我至今还记忆犹新。

话说明朝皇帝朱元璋，在开国之初有一天微服私访，路过一座破庙的时候口渴难忍，看到旁边地里一个干活的农民，于是就让随从向地里农民讨口水喝。这大热天干活的农民本来也是又累又渴，可即便这样，老农还是把水送到朱元璋面前。朱元璋喝水之后非常高兴，甚是欣慰！

老农还告诉朱元璋说：“客官，我们这个地方比较偏远，几里地才有一口井，您跟我来，到我家把水壶装满，就能撑到县城。”于是朱元璋就和老农一起回到家里，打了两壶水，喝了一碗茶，休息一会儿。聊天的时候，他发现老农是一家三口，夫妻二人和一个儿子，非常憨厚，很自然就流露出善良朴实的本性。朱元璋让随从记下来，这是哪里，老农姓甚名谁，然后就离开了。回京不久，他就把老农封为当地的县令。

当时县城里那些苦读功名的秀才们听到这件事儿，都相互转告：唉！都别好好读书了，我们十年寒窗苦读不如老农一碗茶！老农的命怎么就这么好呢？一碗茶就飞黄腾达。其中的一位秀才甚至跑到破庙写了两句诗，曰：“十年寒窗下，不如一碗茶！”

结果这件事传到朱元璋耳朵里，一年后，朱元璋再次来到这个地方，看到墙上这两句诗，觉得又好气又好笑，提起笔来在“十年寒窗下，不如一碗茶”后面又接了两句诗：“他才不如你，你命不如他。”

冤家真是路窄。正好，这个秀才也来了，就问朱元璋，我文化这么高，怎么就不如那个农民？

朱元璋看了他一眼说道，他的才华不如你，你的做人不如他，你不知道老农背后做了多少善事，你只会用抱怨的心理、嫉妒的眼神看到别人得到的成果。我大明朝从来不缺文化人，而缺的是感恩的人。说完，他眼露凶光地看着秀才，吓得秀才瑟瑟发抖，再也不敢说话。

世上没有绝对的公平，唯有一颗平常心。

确实是这样。“命实造于心”，一个人的命运好坏，关键看他日后的修炼提升。老农的一念善良带来了人生的腾达，那善并非是一日之功，而秀才纵使才华横溢，但心思粗糙，恃才傲物，一味执着于求取功名，蒙蔽了心性，所以更无法看清自己仕途失意的真相。

“帮助别人，即是帮助自己。成就别人，也是成就自己。”谢老师教育我说。

机遇与才华其实并非脱离的个体，而是一个整体。才好不一定命好，而好命的人，可能才华平庸。上天原本就是公平的，不可能每一扇门都为你一个人打开，也有可能关上一扇门的同时，为你打开一扇窗。

命运可造，可修，可变；心安于当下，福源于知足，但脚步不能停。

换个赛道看风景

晚饭后，我习惯围着小区步行道走圈健身。

昨天，偶遇朋友夏寅场先生也在走圈，只不过他和大家不同，他是逆时针走向。

又过一圈后，我们在西门旁相遇，我连连夸赞他："寅场，你挺有个性啊，不走寻常路啊！"夏先生在我耳边轻声地说；"顺时针看的是跑友的屁股，逆时针看的是跑友的脸，心情好，感觉不累。反过来的风景就是不一样，同样一圈路，好像少走好多路，心放宽，人轻松，当然不一样了！"。

不走寻常路，换"赛道"实现人生价值。

人和人长得其实差不多，两条胳膊，两条腿，从小都是穿个开裆裤，人与人之间最大的区别，是身体的上半部，即"脑袋"。把常人走的路反过来走一遍，就会发现真理了。

跑步是灵魂之旅，夏先生面对不同人的正脸与背影时，遇到路边"顺向风景"与"逆向风景"时，感受到的是不一样的人与自然的对话沟通，诱发出的也是不一样的存在、生命、自我的深邃思考和体验。

不走寻常路，人生才能不寻常。天下之事，因循则无一事可为；奋然为之，亦未必难。稻盛和夫曾说："昨天走过的路，今天再走一趟，或者去重复别人已经走过的路，这与我的天性不合。我总是选择别人没有走过的路，一直走到今天。”大凡奇人，都会在历史上留下特别的踪迹，因为他们和人生过招的路数都非常人所能及。比如华为的任正非，不光是老百姓，连商学院的管理学专家也读不懂华为，读不懂任正非。没办法，英雄总是孤独的，“代沟”太深，差异太大！

外行看热闹，内行看门道。普通人看到的是辉煌的结果，专业人拷问的是内在的原因。任正非和华为成功的基因是什么？什么造就了今天的任正非？这才是有意义的问题。

后来，我翻阅了一批资料，果然印证了这个判断。任正非真的是一个不走寻常路的人，他对知识的渴求和尊重，高于他人，他为新十大军团制定了灵活机动的战略战术，也是华为之所以是华为的根本缘由之一。

一条路，正着走和反着走是不同的。人和人之间因为同一件事情的看法不同，导致了行动后产生的结果有天壤之别。

有一段时间，不同的航空公司、每天不同的时段、买票的时机和途径，选择直飞或可以中转，对票价都有较大影响。夏先生人在美国，回中国的机票是“一票难求”，回程票价也高达5000美元。聪明的人还是“聪明”，当晚夏先生订了一张中国飞美国的往返机票，仅用了7000元人民币，即轻松购得回程机票。人与人之间的差别在于软件，软件的不同在于“看法”不同，思维不同就是“算法”不同。

同样的问题，反过来办，迎刃而解。遇到难题要想改变，就要打破环境，打破原来的思维模式、看法，反向去追求。同样，一条道老走不通的时候，就反过来走，自然会遇到不一样的风景。

“道阻且长，行则将至；行而不辍，未来可期。”走好寻常路，也要不走寻常路！

如夏先生一样，有些路反着走，何尝不是一种新方向？要想超越别人，可以沿着“原路”加速前行，但也不一定非要沿着“原路”去走，多些逆向思维，反向前进，相反的方向，又何尝不可以达到新的高度呢？

脚步丈量不到的地方

少年不知书滋味，再读已似书中人。

我小时候很喜欢阅读，对历史名著尤感兴趣。那时读书，往往是与“挑猪菜”联系在一起的。

“挑猪菜”也称打猪草，是苏北农村的一种叫法。放学后背着个与小小身板不太相称的大篾篮，不忘在篮子里放一把短柄小锹和一本厚厚的书。“挑猪菜”时，我会很有“技巧”地紧抓时间。溜田头、走沟边、翻河埂，用最短的时间割婆纳头、絮絮菜；挖刺刺、野麦；挑麻菜、马齿苋、野胡萝卜；剜锯锯草、铁苋菜；剐野竹子、蛤蟆草、嫩洋蒿……轻而易举，一气呵成，一大篾篮子的“任务”就完成了。

之后的时间，自然由我支配。树荫下，小河旁，桥墩里，我像一匹饿狼，拿起书就猛“啃”，贪婪地享受阅读，直到日落西山、夕景斜辉，才带着满脑子的故事与满篮子的猪菜，兴奋地回家。

那个年代，总觉得能在书籍的意境中畅游，比吃两颗“大白兔”奶糖还高兴。读名著，是追逐故事情节，也辨别了哪些是好人、坏人，什么是好事、坏事。继之，读百科，明白了许多哲理，也实践了许多目标。潜移默化中，我相仿相效，行止于至善，逐景于未来。我的是非观念、辨别能力由此逐渐成长。

读书，是我年少时最大的欢乐之一。

莎士比亚曾说：“生活里没有书籍，就好像没有阳光；智慧里没有书籍，就好像鸟儿没有翅膀。”我在成长中阅读，在阅读中成长。书成了我的朋友，读书帮我消除疲惫，增长见识，读书也让我从懵懂走向达理，给予我精神滋养，信心润泽，力量储备，人事宽慰。

阅读可以逃离世俗的桎梏，不读书的人，思想就会停止。

读书成了我最能坚持下去的事情之一，工作后依然保持长期阅读的习惯。周六、周日下午，我总是喜欢一个人找个安静的地方，办公室、卯西书局、图书馆或咖啡馆，美美地读上一下午。遇上雨天，独自坐在图书馆的书桌旁，耳听窗外的雨滴声，眼盯喜欢的文字，鼻闻那些散发着油墨味儿的复古纸张，脑海里偶尔产生丝丝遐想，整个人显得悠哉游哉。

多年的读书积累，我感觉到书能治愈我的闲散、充盈我的大脑、开阔我的眼界。好读书，书读好，读好书。经常“读”，读“经常”，自己的思想层次不知不觉地在升高，活得也越来越简单，变得越来越有智慧。我时常对自己说：“你最应该感谢的是书籍！”

女儿小时候问过我：“爸爸，你说脚步丈量不到的地方，文字可以吗？”我告诉她，可以！读书，最能丰富自己的知识。如果你能每天在闲暇之余，抽出一些时间读几页书，日积月累，总有一种脱胎换骨的变化。这也是我个人的一点真切感受。

阅读可以升华境界,成就人生。文友奚东雷先生经常跟我说,读书不一定立即有用,但总有一天你会明白,读过的书,会把自己带进更广阔的天地,给自己意想不到的回馈。

是的,变的是生活,不变的是初心;变的是心境,不变的是情怀。怀着一颗感恩的心,一直行走在读书的路上,那是幸福的事。

读书的人有共识。书是沙漠里的甘泉、沧海中的灯塔,是成长的乳汁、进取的动力。书之美味,并非食物而“胜却人间无数”,欣悟之至,超绝常境。

读书,如露入心,醍醐灌顶,赏味增深,愈久愈爱。

平凡的要旨

“好久没有看到你家的小家伙了！现在在学校表现怎么样？成绩如何？”中午与同事闲聊到小孩教育时，我特意关心地问道。“青春期孩子自律性差，学习一点都不积极。”同事有点埋怨情绪。

无独有偶，晚上我在网上看到网友“丁丁无话不说”的一篇文章，很受启发，立即转给了这位同事。

“丁丁无话不说”从来不在乎孩子的成绩，因为她知道，哪怕孩子以后考上清华北大，大概率也是一个普通的人。她自己从小到大读的都是名校，身边的同学几乎都是所谓的“人才”，可大部分人毕业后都很平凡，只是泯然于众人。

一滴水可以折射太阳的光辉，一朵花可以点缀春天的美丽。尽管世间繁华万千，但我依然发现，其实平凡也伟大。对于孩子的教育，“丁丁无话不说”希望孩子做一个平凡的人，同时三观正、善良、有爱心，并且能够找到自己的热爱所在，愿意在自己热爱的事情上付出。这就是普遍大众的平凡式教育，如果每个家长都能做到这样，也就足够了。

退休后的赵局长，来到南京接送孙子，陪伴小朋友上各种兴趣班。为了让孩子能有个轻松的未来，寻找他的兴趣并发挥特长，先后让他学习过钢琴、街舞、跆拳道、书法和乒乓球。可是他都无法坚持下去，学习成绩也一直无法提高。

“怎么好呢？我不愿意让他做一个凡人。怎么办呢？”望子成龙，望女成凤，隔代更是期望高。

这个世界上能有较大成就的人毕竟是极少数，大多数人都是凡人，因此他们的孩子都只能接受自己的平凡。大部分人的一生，都要经历三个过程：第一个，接受父母的平凡：第二个，接受自己的平凡；第三个，接受儿女的平凡。

人这一生说长不长，说短也不短。运气好的话，他们或许能够在自己的领域里出彩，但即使没有出彩，只要平平安安、健健康康地过一生，这有什么不好呢？因为无论在哪个领域，我们都是平凡人，不可能不劳而获，也都需要通过实际行动来证明自己的价值。

先学做人，再做学问。简单不苟且，平凡又不平凡，此生就已经很不等闲了。

如果孩子连如何做人都不知道，那么他学习再多的知识也只是空有其表。没有一个正直的人格和优良的品德，孩子在今后的成长路上也会十分坎坷。

在“丁丁无话不说”的生涯中，她发现成绩并不是唯一的评判标准。相反，她更喜欢通过平时的观察，来判断一个孩子是否值得鼓励和赞扬。有些孩子即便成绩不是很好，但他们有着良好的品行和积极向上的态度。他们能够在团体中发挥自己的作用，帮助其他人，这才是她最希望看到的。

成绩只代表一时。法国大文豪卢梭曾说过：“我认为努力学习直到生命的最后一刻是美好的事。”学习是贯穿我们一生的事。而在学校进行系统的学习，只是孩子漫长学习生涯的一个阶段，成绩只能代表当时的学习成果。当然，我们并不完全否定成绩的重要性。毕竟，成绩是孩子学业上的一份成果，是孩子学习和掌握知识的客观反映。我不是教育专业出身，也不是研究教育的，但我知道，如果我们这个社会只注重孩子的成绩，而忽略了他们的品行和性格培养，那么这种教育将是片面且没有价值的。

“龙生龙，凤生凤。”这句话是老一辈传下来的，也不无道理。我观察了一下周边的人，成功人士的身后必有其不凡的家长。小孩来到这个世上，就是一张白纸，白纸上涂红还是涂黑都是家长决定的。所以，道德的培养和形成，家长是第一任老师。家庭环境首先是造就孩子成与败的根本因素。

没有健康的人格，就没有优秀的人才。“孩子成长的过程中，我们应该注重培养他们的良好品行和态度，引导他们发现自己的热爱，让他们在热爱的事情上付出，并且在失败时也能正视自己，勇敢地面对挫折和困难。”我认同“丁丁无话不说”的观点。只有这样，我们才能培养出健康向上的新一代，为社会的发展和进步做出贡献。

一位教育专家说过：“优秀孩子是优质教育的成果。要想孩子变得优秀，并不是要孩子一刻不停地改变，不是要求老师不停地教，也不是让家长不断地监督，而是需要整个社会这个大手牵着孩子的小手一起慢慢改变。”世上没有一个万能的公式能解决所有孩子的教育难题，我们不能只看到招式，而看不到背后的“内功心法”。

教育孩子不仅是家庭的“私事”，也是国家和社会的“公事”。

凡人不凡，贵在精神。

轻松上路

晚上，我一边阅读着娜妲莉·高柏的经典之作《疗愈写作》，一边思考什么事情是“恰如其分”的？

翻开书，我就看到娜坦莉分享了一个好故事，立刻拿起红笔来画线。书里的故事是这样说的：

邻居中的一位妇人两个月前忧心忡忡地告诉娜坦莉，她的世界正在崩解中：女儿吸大麻，家里的猫到处小便。

但两个月后，再见到那妇人，娜妲莉发现她的问题全部不一样了。娜妲莉有点不放心，悄悄地问她：“你女儿后来怎样了？”妇人手一挥，耸耸肩说：“谁管她！”“那猫呢？”“我不知道，管它呢！”

娜妲莉很好奇她的改变，最后问她：“是什么改变了你？”妇人停下来，想了一下，说：“我在写书。一切都恰如其分，我回到了自我，我再度拥有了我的人生。写书的感觉太好了，不能让任何事情干扰我的创作。”妇人笑着说。

看到这一段，我也笑了。这是一个不怕事的书写者。人如此豁达，真好。

人生几十年肯定会遇到不可思议的事情，但是不管你经历或面对什么，千万不要怕，要勇于面对，凡事往好的方面想，起码要记住人平安，人还在，这是最大的庆幸。

我小时候,有一天夜晚跟着我妈妈走完亲戚回家。夜深人静，路上妈妈问我："你怕不怕？"我说："不怕！"但是我抓着妈妈的手却越来越紧。妈妈又问我："你真的不怕？"我说："真的不怕。"但是我的身体却靠妈妈越来越近了。我嘴里说是不怕，心里却惧怕。

我从小就知道，千万不可躲避自己害怕的事情，因为逃避往往都是没什么用的，最终不过是绕了个弯去见它。与其这样，不如勇敢点儿面对恐惧，赢了就是胜利，输了也不会怎样。

长久以来，我与朋友茶叙中，出现得最多的一个问题是：我很想做这件事，但是怕搞砸，怕做不好，怕失败，怎么办？

以前面对这类问题，我会用鼓励的话安慰朋友，但后来发现朋友对"坚强""勇敢"太过执念，有时那本是一点儿小小的恐惧，却被放大成"我紧张了，是不是不够勇敢，个人品质不够好"。这跟十岁的小孩很像。

我能理解朋友的这种情绪，毕竟我们面对的工作对象就是教我们坚强、勇敢、战胜恐惧。"坚强"是好的品质，"勇敢"也是，"恐惧"则是我们要战胜、摒弃的对象。我们内心那点儿害怕，那点儿紧张，那点儿不坚强，好像就是不好的情绪，甚至只要闪过一丝"我害怕"的念头，我们就急忙怀疑自己：我是不是太软弱、太不坚强了？

所以后来的我就算长大成人，就算独立解决很多事，内心依旧会有很强的不确定感，依旧会不自信，怀疑自己是不是还不算坚强。因为，成年人的世界，很少有哪一件成功解决的事情，在解决过程中全然不需要人紧张，不需要人揪心的。

但，人这一生，不管多少岁，谁都不能永远摆脱紧张情绪，也不可能永远坚强，都会面对让自己恐惧的事。像我，越是排斥自己的害怕情绪，越是把它当成要战胜的存在，越怕，就越是没办法正面那件让我害怕的事。

再后来，我遇到这样的朋友时，就不再跟他们说“要坚强，要勇敢，要像伟人一样去面对”，而是告诉他们：“是哦，在那些时刻，我也会很紧张，但会害怕、会紧张也不一定是坏事，它们的存在是用来提醒我们要更加谨慎、更加用心，而且很多时候，就算我们带着害怕、紧张的情绪，也可以把一件事做得很好的。”

平常时间，偶与太太闲聊时，我也总是对太太说：“天塌不下来，就算塌下来，你不要怕，还有我。天下没有解决不了的事情，日子照样过。”世界没有我想象得那么恐怖，对于更多的人而言，我只是一个过客，别把自己想得那么重要，轻松上路才会走得更远。

“人生在世，会遇到一些好事，还会遇上些坏事，好事承担得起，坏事也承受得住，就这样坦荡荡做个寻常人，也不坏。”这是朋友董晓剑先生的人生感悟，也让我终身受益。

做人必须能扛事，少惹事，不怕事。心若有所向往，何惧道阻且长，任何事情也干扰不了你的世界。

上好的古董

易中天老师说过这样一段话——我太太的家规是："服务员上菜要说谢谢"，"快递员送货一定要说辛苦了"，"司机把我们送回家一定要行注目礼，车开走了才进家门"。

在我看来，易太太的这些举动看起来是尊重别人，其实也表达了自己的教养。确实是这样，家规是刻在骨子里的道德和教养，是治家、修身、处世的重要载体，是中华民族传统文化的重要内容。

在缺乏教养的人身上，勇敢就会成为粗暴，学识就会成为迂腐，机智就会成为逗趣，质朴就会成为粗鲁，温厚就会成为谄媚。这个观点我很认同。一个家族的传承，就像是一件上好的古董，是值得捧在手心中呵护的宝藏。它历经了许多人的拥护与打磨，在漫长的时光中悄无声息地积淀。有家的地方就有家规。家规，不仅有规范作用，对人们的言行举止都有很好的引导作用。

看过一句话："我们来到这个世界，就是为了经营自己的家庭，家庭幸福，人生才叫成功。"然而这些年来，越来越多的人本末倒置：为了追求事业，丢了家人；为了追求金钱，离了家庭。可其实，决定一个家庭幸福的，不是房子有多大，也不是存款有很多。一个家庭想要祥和兴盛，好的家规家风、彼此和睦、家人安康，三者缺一不可。

好的家规，不仅是文化的传承，影响着当代，更深深影响着子孙后代。好的家规，可以塑造出好的家风；好的家风，更是一个家庭的无价之宝。一个拥有良好家风的家庭，他们养育出来的孩子必然尊老爱幼、乐于助人、极有涵养。自身有涵养的人，无论走到哪里都宛如春风拂面、舒适宜人。

作家钱锺书是在家风的熏陶下成长起来的。钱锺书的父亲，国学大师钱基博，是清华大学有名的国文教授。他偏爱古书，平时总会看书抄书，并在摘录上写下自己的看法。他对儿子的管教极为严格，钱锺书 15 岁时，因为读书不用功挨过打。

钱锺书读书时，除了要完成学校规定的作业外，还读古文名著。这位被“打”出来的“博学鸿儒”，秉承了父亲治学严谨的品格，踏踏实实地做学问，惜时如金，淡泊名利。钱锺书读大学期间,父亲写信告诫他“做一仁人君子,比做一名士尤切要”。他希望钱锺书能“淡泊明志，宁静致远”。钱锺书做到了，即使在战乱期间，他也没停止工作和写作。他毕生致力于文学研究，将中国文学艺术推向了世界。

俗话说：“蓬生麻中，不扶而直；白沙在涅，与之俱黑。”普通的蓬草如果生长在麻地中，不用扶持也能自己挺立起来；白沙如果混进了黑土中，就会被埋没，再也无法显露出白色。家规家风是一个人精神成长的开端。

“守规矩，可以说是人生圆满的捷径，因为规矩就是教养和修养的结晶体，有规矩，自方圆。”这是我太太常放在嘴边的话。太太的话，我要听！

一朵时光

我这个人有一个不好的习惯思维，就是看人喜欢注重第一印象。这包括在学校时看老师，谈恋爱时看女朋友，工作时看同事。

一朵，是我喜欢的主持人之一。

认识一朵，是从广东卫视一档《一朵时光》栏目。第一感觉主持人不错，名字也叫得很文艺，有味道。

看完电视，我立即上网去搜索“一朵”“时光”“一朵时光”，很让我扫兴，没有什么收获，又到广东电视台网站上查找主持人，可惜的是也没找到一朵。

没办法的情况下，每周五晚的十一点半准时打开电视机收看《一朵时光·倾听岁月的回响》。几期节目下来，对一朵的感觉真是如茶一样，可以慢慢细品。

眼睛可以给人带来故事中的故事，这是我喜欢一朵的原因之一。

许多观众说，一朵的眼睛会说话。眼睛是心灵的窗口，是我们藉以观察世界、洞悉人间、欣赏天地和了解广阔思想的直接工具与来源。此话不谬。一朵恰恰是通过自己那双目光柔软、顾盼生辉的大眼睛把采访对象的内心情感，一览无余地展现在观众面前。

为什么这么说?

因为她主持节目时，不仅仅是用嘴在说话，更重要的是在用眼睛和对方交流，在用眼睛给你讲述一个又一个故事，这些故事给观众带来一种美感和快感。这也就验证人们经常说的，“眼睛是心灵的放大镜”，以心体会世界，你才会有更多收获。

通过一期一期节目的深入了解，我知道了《一朵时光》是在原《艺术长廊》的基础上改版的一档文化名人的访谈节目，一朵的大名叫王一朵。很有意思的是，我在网上再次搜索“主持人”“王一朵”时，还是没有我所要找的内容。但一朵的眼睛已经告诉我，她很年轻，年轻得在网上找不到她的名字，年轻得连她的眼睛里都透出真诚、清纯和美丽，仿佛秋日的湖水，泛起微微涟漪。

普洛丁曾经说过：“眼睛如果还没有变得像太阳，它就看不见太阳；心灵也是如此，本身如果不美也就看不见美。”一朵在采访舞蹈家张丹丹、专栏作家黄爱东、越剧表演艺术家茅威涛和音乐家余其铿时，用眼睛所表现出来的美已经不用观众来再进一步评价了。我这样说，不知道能不能得到其他观众的认同。

笑声给人带来感觉中的感觉，这是我喜欢一朵的又一个原因。

笑声能给你带来快乐，当你面带笑容处世时，你所遇到的困难将大为减少。一朵的笑声在给人带来快乐的同时，也给观众带来了心与心的沟通。

岁月踩着按部就班的步履，一步一个脚印地慢慢走来；蓦然回首，轻舟已过万重山；在不经意间，生活已经还了我们一份又一份惊喜……在节目中，这份惊喜是一朵用声音，说得准确点是用笑声带给我们的。

在采访我国第五代导演代表人物之一田壮壮时，一朵许多时候没有用“追赶”的语言来表达她的用意，而是用一声又一声的“笑”，来完成了整个采访，不能不让人佩服，真有点“一笑已过万重山”的感觉。

在一朵的笑声背后，我明白了许多人生哲理。在采访对象向观众一次次讲述生命的历程时，总让人有所收获。因为我知道，生活并非总能如人所愿，有时梦想与现实的差距很大，你会为此难过落泪，但你总不能生活在难过中，总不能以泪洗面！

一直以来，我都在揣摩着“含着泪的笑”与“含着笑的泪”是怎样的一种心态，在经历过诸多令人痛不欲生的感觉后，终于明白：“含着泪的笑”是怎样一种心酸，是怎样一种凄凉，是怎样一种无奈，是怎样一种落寞！而“含着笑的泪”却又是怎样一种喜极而泣，是怎样一种发自内心的情感释放，是怎样一种无法捕捉到的飘逸情怀！所以，我很感谢一朵给观众带来她的笑声，给我带来对生命的又一次最好的诠释。

风格给人带来品位中的品位，这是我喜欢一朵的另外一个原因。

我曾经看过这样一段文字：一个木匠做桌子，正面、桌面做得很光滑；背面、下面也做得很光滑。别人问他：“背面、下面别人看不到，为什么也做得这样光滑？”他却说：“别人看不到，我看得到！”木匠那“人前人后一个样的风格”深深地感动了我。

一朵主持的节目也同样感动了我。纯真的童年、飘逝的故人、永远的初恋、生命的延续……所有这些，对于《一朵时光》节目中的“过来人”来说，既是他们无怨无悔的生命情怀，又是一份岁月消磨不了的铭心记忆。他们的人生经历让我们懂得如何走好人生的每一步。一朵的人生经历也许很简单，但是，她用她的风格把最吸引眼球的一面呈现给了她心爱的观众。

有时，我在想，一个人的风格最终决定她的发展。在品味一朵主持的节目时，我的脑海中时常会想到“外表、人品、风格”这几个字。一个没有风格的主持人,是不会受到观众喜欢的。一朵的风格犹如夏天池中莲花的美，更像晴空万里的草原，有时用几个漂亮的词汇可以表达出来，有时又不知道用什么来形容,这个时候在语言上多一个字显得“庸”,少一个字觉得“欠”。

在电视中，偶尔会看到一朵的背影、侧影。往往就在这个时候，透过她的影子，听着她的笑声，更能够体会到她的主持风格——人前要做好，人后更应该做好，精神才能得到升华，品质才能得到肯定。

我想，我之所以欣赏一朵，最主要的原因，还是一朵能够在短短的时间里展现出她的沟通技巧和“人文关怀”。在每一个采访对象人生追求的挚情与梦幻里，无论流淌的是欢乐、泪水、迷惘、寂寞，还是失落，都荡漾着一种对生命的珍视和对人生冷暖的执意品味。

这一点是难能可贵的。

后来，我在广东电视台的栏目介绍中终于找到了我喜欢一朵的真正答案。

一朵是怀着对生活和历史的责任，以良知与真情，和节目中的嘉宾就人格、价值和人生的真谛作直率的对话。他们的对话跨越了时空，确有一种久违了的别样的“相谈甚欢”的美好。

原来，一朵是通过她主持的节目，让我们用心地感受到理想的火花和一份真诚的感动。

一朵，真的让人欢喜。

苦并快乐着

1

人的一生也许就是这样，忙忙碌碌，痛苦并快乐着，这是我必须要面对的工作和生活。

1999 年 2 月下旬的一个上午，我刚组织召开完财政系统离退休老党员、老干部座谈会，突然接到市委组织部让我前去谈话的通知。在毫无思想准备的情况下，我被调至市委组织部工作。

这时，我的一些亲朋好友纷纷劝我不要去，“你大小不说，也是个股长”，“财政局是个很好的单位，人家想进都进不了”，等等，诸如此类的话不时传来。

次日，在收拾办公用品准备离开财政局时，看到送行的人们和周围熟悉的一切，想到十年来和同事们一起摸爬滚打的岁月，就此离开，心中真有点惋惜、难舍。

平心而论，我不是什么大干部，只是一个小小的人事秘书股长，可是，既然组织上有了安排，作为一个共产党员，作为一名党务工作者，我必须无条件服从，别无选择，只有加倍努力，干出新的业绩，才能不辜负组织的期望。

2

上个世纪 60 年代末出生的我，不像现今小孩那么幸运。家里十分拮据，父亲是一名普通的兽医，母亲是地地道道的农民，家里仅靠父亲那点微薄的工资供养我和弟妹三人读书。

“穷人的孩子早当家。”我很小就知道帮助母亲做家务、干农活，尽力减轻家里的负担。母亲时常对我说：“你要好好读书噢！”于是我拼命读书，在 1986 年考入盐城会计学校。中专毕业参加工作后，发现学校里的知识储备还远远不够，便又坚持参加了全国自修大学会计专业学习并获得了大专文凭。后来还参加了本科函授，并考取了法律专业在职研究生。这些为我干好今后的工作打下了扎实的基础。

到市委组织部工作后，说实在话，当时我的心里一点底都没有。虽然以前在担任财政局人事秘书股副股长和股长的四年时间内，初涉党务工作，但毕竟不是工作的主要方面。所幸经过部领导的指点，向同事们学习，及时调整自己的工作思路和工作方法，我还是以较快的速度适应了新的工作岗位。从组织员到办公室副主任，再到办公室主任，我积极协助领导对组织、干部、党员管理工作中的新情况和新问题进行探索性研究。

我还清晰地记得在对大学生进村工作这一课题进行调研时的一个情景：为了体察进村工作大学生的真实生活，一天晚上十点多钟，大多数村民已经熄灯休息，我与进村锻炼的大学生还在挨家挨户地收取农业税。当我们敲开一户“钉子户”的门，户主看到我们满头大汗、语气诚恳，态度便比较缓和。又经过我们耐心仔细的解释，户主终于想通了，还热情地为我们倒茶、热年糕，激动地说：“这是你们第八次来到我的门上，今天再不缴还真有点对不住你们。”边说边主动地缴了费用。

这次调研，我在 10 天里跑了 29 个乡镇、56 个村，拜访了 62 名村干部，走访了 108 个大学生，就农村需不需要大学生，大学生愿不愿意到农村，怎样让大学生安心在农村工作等问题，广泛了解情况、征求意见，用 3 个晚上的时间写出了 1 万多字的调研报告和有价值的信息材料。功夫不负有心人，这项调研成果得到转化运用，获得好评，信息被《国内动态清样》刊用，得到上级领导的批示。

在对农村党员组织生活会难开这一课题进行调研时，我来到一名老党员家中，与其同吃、同住、同劳动，听到了平时听不到的话。老党员非常感动地对我说：“就凭你这样真心实意了解农村党员的实际举动，我也得跟你说老实话。”老党员的一席话，给了我很大的触动，让我了解到了目前农村党员管理存在的问题，了解到了农村党员组织生活会难开的原因，写出了如何解决农村党员组织生活会难开的调研报告，获得了上级领导的认可和肯定。

3

在抓好调研的基础上，我以《组工情况》为阵地，重点加大对特色工作的宣传，在电台、电视台、报纸开辟“党的生活”“党的建设”“党旗在召唤”等栏目进行全方位宣传组织工作。

2002 年 10 月，为了保证一篇高质量的宣传稿件能在“党旗在召唤”电视栏目中播出，我和电教中心的同志一道，白天扛着摄像机走村入户收集领导干部下基层为群众办实事的情况，晚上在办公室整理、撰写、制作专题片，困了就喝一口茶，累了就舒展一下筋骨，一个星期连续 4 天都是在凌晨 3 点以后才上床睡觉。天天半夜三更回家，爱人憋了很久的怨言终于爆发了："你还把这个家当成个家?！简直和旅馆一样！我今年教的是毕业班，还指望你多做些家务活，可你倒好，家务活不做也罢，小孩感冒让你带她去医院的时间也没有，你以后就不要回来了！"此时我只能陪着笑脸。

现在想来，有时为了完成一篇调研报告"奋战"一整夜甚至几整夜，常常为了讨论领导一个讲话提纲、赶写一篇情况汇报，从病床上拔下输液针头，连忙赶到办公室，等等，这样玩命的劲头不知从何而来。我没有别人那么张扬，我感觉自己虽然吃点儿苦，也还是快乐的。

在组织部工作，人总是显得特别忙，手中的活儿总是那么多，有时候内心十分烦躁，但看到经过辛勤劳动而诞生的一篇篇作品得到领导和同志们的肯定，并被多家媒体刊载后，我的一肚子怨气就荡然无存了。也许，这就是不断挑战、不断追求、不断奋斗，这里面饱含着一名共产党员对党的事业的一种忠诚和责任吧！

4

每个人都在为这个时代忙碌奔波着，谁的人生都不容易。2004 年 8 月 16 日深夜 11 时许，我还在办公室伏案写作，是《中国组织人事报》的一篇约稿，完稿时，已近凌晨 2 点。

走出办公室的门，屋外一片寂静，望着满天的星星再次扪心自问：不知不觉我在大院里度过了许多个春秋，是什么让我心如静水，是什么令我无怨无悔？

早上上班时，在市委大院门前，我看到徐徐升起的国旗与冉冉初升的朝阳交相辉映，牵引了我的视线，振奋了我的精神，我不由得止住脚步，这可是庄严的国旗，激励我们奉献终生的国旗！

凝眸间，激动的泪水潮湿了我的双眸。

此时，我已经找到了答案。那就是——只有在祖国的阳光下耕耘不息，奋斗不止，你个人才有希望！

过窄门而宽途

前段时间，我在看《乌合之众》这本书。书中写有一段文字，给我的印象尤为深刻："人一到群体中，智商就严重降低，为了获得认同，个体愿意抛弃是非，用智商去换取那部分让人倍感安全的归属感。"

现实生活中，大部分人皆是如此，为了获得别人的认同，甘愿去从众，随波逐流，只为彰显自己与大家同样合群，以此来获得成就感，得到合群中人的认可。

昨天上午，南京张健先生发来一条信息，讲了两个小故事。剖幽析微"自愿从众"与"盲目从众"的万象丛生，让我很是受教。

一个小镇上，一位商人来了，他开了一家加油站，生意特别好；又一位商人来了，他开了一家餐厅；等第三位商人来，他开的却是一个超市。很快，这片地块就热闹起来了。

而另一个小镇上，一位商人来开了一个加油站，生意特别火。第二个商人来，又开了第二家加油站。随之，第三个、第四个……于是，大家开始恶性竞争，最后谁都没赚到钱。

故事总是源于生活。在美国，2008 年的金融危机让很多人的股票投资损失过半。惊恐之下，人们纷纷逃离股市，结果很多人错过了 2009 年的狂飙猛升。贪婪、恐惧有很强的传染性，这是从众心理滋生的土壤。你看，这世界上有多少人不是在从众中走完一生的呢？

“人生中最重要的事是什么？”77岁的老先生、世界知名价值投资者霍华德·马克斯如是回答：“这世上只有一种成功，那就是以自己的方式度过这一生。”以自己的方式，我的理解就是不从众、具有鲜明的个性。世上没有相同的两片树叶，自然也没有完全一致的个性。

现代人的心，普遍浮躁，急功近利。这是社会生存压力的映射。像到处挖井的人，人家在东边挖，他也在东边挖挖；人家去西边挖，他又追至西边挖挖。许多人因为不专注，浅尝辄止，挖无所向，即使拼命努力，也挖不出水。这是大多数人的现状。只有少数人，才能戒掉浮躁，屏蔽诱惑，找准目标后，专注再专注，这样必成大业。

走别人的路，只会让自己无路可走。“你要搞清楚自己人生的剧本——不是你父母的续集，不是你子女的前传，更不是你朋友的外篇。对待生命你不妨大胆冒险一点，因为好歹你都要失去它。如果这世界上真有奇迹，那只是努力的另一个名字。”昨晚，我读尼采的书，他的这段话，又一次深深地触动了我。这不仅仅是对个人的自我认知，更是一种对人生从众与不从众的深刻领悟。

在积累人生经验的过程中，最困难的事情莫过于坚持自己的选择。在我看来，世界上最糟糕的事情就是花一生的时间去追逐社会为你安排的目标，然后在人生最后阶段发现自己浪费了时间。

合群而不从众，这是成为成功者的前兆。这就像是一棵树，想要成长起来，并能够舒枝展叶，就必须让幼苗扎根沃土，而不是看到别的花草枝繁叶茂，就想着马上开花结籽。

你见过哪个真正“做自己”的人，是随波逐流的？他们一般都是选择了一条孤独的路，按照自己的意愿在创造自己的人生。

苏轼才华横溢，聪颖过人，年纪轻轻即立于朝堂，前程远大。当时正值王安石变法时期，新旧势力盘根错节，社会波谲云诡。很多人都忙于算计，倾轧，夺权，陷害。

有人说，朝廷就是一个大染缸，难免让人沉沦不起。而苏轼却能出淤泥而不染，全心全意为国家尽忠，给百姓做事。不站队，不投靠，不屈服。

后来遭遇乌台诗案，苏轼被贬黄州。他就以诗词自娱，以劳动自养，以游玩自乐。冷眼观朝堂，对官场逻辑了如指掌，却不屑机关算尽的荣华富贵。坚守内心的方向，保持自己的独立思想、独立人格。真正成熟的人，有看透世事的智慧，有洞明人心的机谋，但他们不会改变操守，不会同流合污，不会迷失自己。

一个人，当他用心感悟东风，便写下了“谁在用琵琶弹奏一曲东风破，枫叶将故事染色结局我看透”，瞬间把人带入了丝丝哀愁；一个人，当他看穿千里之外，又写下了“一身琉璃白，透明着尘埃，你从雨中来，诗化了悲哀”，又瞬间把人带回净心清白。

这个人就是著名作词人方文山，他用他不从众和独特坚守，告诉我们远离平庸、不同流合污的美好，更为我们带来了一首首立意深远、诗如清风的经典流行歌曲。

“回头一看，我们许多人的人生就是一条黯然单调的直线。不曾站在人前，也不曾站在人后，一直随茫茫人海而流，平平淡淡已过大半生。”张先生今早发来了另一条信息，感叹人生苦短。

从众为众，不从方立。是的，一路走来，许多人虽然也在不懈地努力着，也希望“雁过留声，人过留名”，但却不知问题所在。又有几个人能用自己的笔勾勒出不一样的素胚青花？即使笔锋由浓而淡，那韵致却通过麦克风为江山染上印迹。

不从众才会出众，孤独时才能思考。《沉心十年》中说：“人生之路有两种，择大门走险路，过窄门而宽途。”人生的智慧，就藏在这“宽窄”的选择中。

合群走得远，独处飞得高。演艺圈是一个新旧迭代快速的圈子，如果没有扎实且过硬的演技，很难留住观众的心。演员周杰接受专访时回应有人说自己“老派”，他认为大家习惯了没那么认真，遇到认真的人就会说他太老派了，所谓的不合时宜的“老派”就是因为不够从众而已。

周杰说，从小他就认为那些了不起的人、顶天立地的人都是不随大众的人。自己不怕孤独，甚至怕自己孤独的时间不够，因为人只有在独处的时候才能冷静地思考。并坦言自己内心强大，“我不需要自我安慰，我都是安慰别人”，“别人议论我说明我受欢迎啊！”

不盲目，不贪婪，不冲动，不从众，找准自己的方向，坚持深耕，才能在岁月的积累中悄悄拔尖。当然，不从众，不是要时刻保持特立独行、针砭时弊，而是要努力做到既能外圆内方，又能坚持原则。

霁月光风，澄明自守。做一个合群又不盲目从众的人，知世故而不世故。如此，方能成为自己最想要成为的人。

第四辑

永远没有山顶

永远没有山顶

晚上，偶遇丁泽民先生。

“您的嗲嗲，最近身体可好？”我很自然地想到丁嗲。

“老爷子，去年就不在人世了。抱歉的是没有及时向您报告。作为儿子，我会为他‘捧饭’三年……”丁先生哽咽着告诉我。

我半天没有一句话。丁老爷子是一个身体健壮、自信开朗的商业奇才，苦了一辈子，该享福了，怎么会说走就走了呢？我问自己。我俩属于忘年交。在我人生道路上，他曾经给予了我很大的精神帮助，他提醒我的四个字，我一直铭记在心，那就是：“见好就收！”

“丁先生，您有心为老人家‘捧’三年饭，很了不起！大家都在爬人生的这座高山，但永远没有山顶，您见好就收！多保重！”我内心极不平静地与丁先生握手暂别。

我知道，事业成功和人生幸福是一种无形的东西，它是一种对情感的感受，一种欣喜、快乐和愉悦的感觉。儿子的一份孝心，丁老爷子能感受到吗？幸福究竟是什么呢？

丁老爷子在世时，总是给我讲他小时候的快乐故事。人生过半，不知道为什么，今夜又让我不自觉地忆起了我儿时的幸福。“池塘边的榕树上，知了在声声地叫着夏天……”每当我听到这首《童年》，就会不由自主地哼起来。是的，童年给我带来了太多的快乐，让我幸福满满。

我的童年是在苏北乡下的一个小小的生产队里度过的。乡村的童年在我的记忆里，就像一张泛黄的老照片，是那么地温馨和甜美。

小时候幸福的事情太多了。因为那时很穷，有点稀罕食物就是很幸福的事情；过年过节最幸福，因为总有一两件衣服会是新的，吃的种类也会多些，也有点压岁钱赚，虽然只是过过手，但是照样感觉挺美的。

童年的我是时间的富翁。那会儿，我最盼望的是上学和放学，上学有同龄人做玩伴，放学回家后完成挑猪菜、挑羊草任务后，就是看书。暑假的日子，大多是在玩中度过的。玩的东西特别多，有丢沙包、弹玻璃球、捉迷藏、拉弹弓、踢毽子、跳绳、跳皮筋、斗蟋蟀等。无忧无虑的童年，总能勾起我的回忆。甚至连童年的想法也不乏天真、可爱。而这些宝贵的片段，让我一辈子都记得住。

几乎每个人都有自己充满快乐的童年，如丁老爷子讲他的童年一样。我的童年，就像是甜蜜的梦，梦中有自己编织的绚丽色彩。

有一年夏天的夜晚，我固执地爬上生产队高高的围墙墙头，随风中轻扬的柳絮，一缕一缕地化作那花香，仰望着璀璨的星空，做着属于童年的梦，问星星问月亮，我什么时候长大？

如今，在这个充满华丽烟雾的世界里，我也常常在寻找幸福。

幸福又在哪里呢？在那蔚蓝的天空中？还是在碧蓝的海洋里？在这个喧嚣的世界里，有太多的变形镜，将整个世界染得非喜即悲，把所有的面孔扭曲给我看，于是无知的我伸出指头：“这个丑，那个美！这个好，那个坏！”

不知不觉中，童年悄悄地走了，我也不会像以前那样整日在外面野玩。感谢时光老人，因为他把童年编成了一本最真最美的书印在我的心坎里，让我回忆的时候，越发地品咂出幸福。

丁老爷子在世时跟我讲，他小时候是简单的，也是幸福的。

小时候，幸福是一件东西，漂亮的衣裳、精美的玩具或是爱吃的糖果，拥有就是幸福；长大后，幸福是一个目标，理想的大学、稳定的工作，亦或是心仪的对象，拥有了，当然就是幸福；再后来，我发现，幸福原来是一种心态，简单、知足和感恩，领悟便是幸福。

幸福其实就是你我内心的主观感受。想不想幸福，取决于我们内心怎样定义幸福，把获得幸福的阈值定得越高，我们离幸福也就越远。

我为什么今晚又忆起童年往事，因为丁老爷子曾经给我讲过一句经典的话：“小时候，幸福很简单；长大了，简单很幸福。”一个人总在仰望和羡慕着别人的幸福，一回头，却发现自己正被别人仰望和羡慕着。其实，每个人都是幸福的，只是你的幸福，常常在别人眼里。

幸福这座山，原本就没有顶，风景常常在山顶之外。

依依墟里烟

“榆柳荫后檐，桃李罗堂前。”小时候的那夏天那懵懂，真的好怀念。家门口、大榆树，弹弓飞多远；小条河、长田野，风筝放多高；细花猫、老黄狗，伙伴知多少；矮板凳、方桌子，象棋杀多久；小人书、万花筒，世界有多好……这是我心中永远的“暖暖远人村，依依墟里烟”。

在那年月，本华、玉贵、兴华、新明、亚东和群宏，我们几个小伙伴可以幸福快乐整个夏天，莫名其妙也心甘情愿被烟火气氤氲了所有的稚嫩和梦想。

多少年后的一日偷闲，托腮望天思人生。大雁飞过，蓦然回首，才知半生已过，岁月已成蹉跎！

如今，键盘替代了操觚、四轮替代了双脚，快节奏的工作、生活让我们忘记了去翻翻日历，甚至都忘记了自己的年龄和生日。总以为自己还很年轻，总以为离半老的那一天还很遥远，当一群又一群的小朋友从身边走过，当一起长大的发小被称作老王老李时，愕然发现，原来年轻已经与我们渐行渐远。

“少年心事当拏云，谁念幽寒坐呜呃。”如水般的时光真的好不经用，抬眼已是半生。朋友说，年轻的时候一场感冒忍一忍就过来了，现在不再是喝一碗热白开水就能扛得过来的，身体和心智都渐渐变老。好像我们还没来得及拥抱清晨，却已经手握晌午。问天问地问榆花：烟火随风散，星河可得否？

其实，现在也没那么老，只是岁月如梭，山河无语，轻舟已过万重山。我更加喜欢现在的自己，一半感性一半理性。凡世之物，一半为最妙，犹如月上西梢，一半争取，一半随缘。

人生天地阔，功名利禄皆浮云，少欲忘忧多喜乐，一半物质，一半精神。减去生活多余的另一半，就是减压百分之五十。世间珍物灿若星辰，人生至宝少之又少。我们必须有勇气拿起奥卡姆剃刀，删繁就简，减半生活，把每一分每一秒都用在真正想做的事和真正重要的事上。为敬业点赞，为认真点赞，更为豁达点赞。

“人事有代谢，往来成古今。”人间最美是清欢，不问岁月几何，当下即永远，一念即天涯。

手执烟火，心怀诗意，终于读懂了小时候的夏天，那是炊烟升起的地方，那是乡下村落跳跃的脉动，那是土灶灵魂的升腾，那是生命成熟的佳趣盎溢。

岁月如歌，且吟且行。

我来人间一趟

“一路上跌跌撞撞受过不少伤，再回首半生已过犹如梦一场。我望着天空愈发的迷茫，不知道未来究竟在何方？”一次偶然的机会，我碰到收废品的驼背老王。他的手机铃声突然响起《我来人间一趟》，顿时触痛了我的灵魂，眼泪忍不住簌簌地落了下来……

“86 岁的老母亲躺在医院要人陪护；老婆风湿性关节炎，没有工作，更谈不上有收入；大儿子好不容易养到 17 岁，骨癌走了；小儿子刚 10 岁，还在上小学。我这辈子把养我的人照顾好，把我养的人抚养长大，就知足了。为了那碎银几两，真的活得太苦太累了！”驼背老王向我低述着自己的悲情故事。

来人间走一遭，总会遇到各种苦难，没有谁的人生是一帆风顺的。《我来人间一趟》这首歌之所以能够红遍大江南北，就因为它触动了许多人心中那根最柔软的神经，引发了不少人心中那种淡淡的忧伤与共鸣。20 岁、40 岁、60 岁，亦或是 80 岁，我相信不同年龄段的人，听后都会有不同的感受。

昨天中午与钱教授一起餐叙。70 多岁、一脸沧桑的他，也有他的人生苦衷。“您是从什么时候开始体会到人生不易的？”钱教授回答道：“当我喝中药都不觉得苦的时候。因为人生有时比中药苦得多了！”听了这句话我深以为然。

小时候，我总是喜欢把自己不开心的事情向妈妈倾诉，这样就能获取妈妈的安慰；长大后，我才发觉其实自己的难过和委屈只能藏在心里，因为生活是自己的，个中滋味只有自己知道。

清晰地记得鲁迅先生小说《祝福》中的祥林嫂。她在经历了丧夫失子之痛后，再次回到了鲁镇。此时的祥林嫂，一改先前的沉默寡言，变得絮叨起来。她逢人便讲自己的苦难，也许是在怀念逝去的亲人，也许是在宣泄心中的苦痛，也许只是将诉苦当成了习惯。没有几个人会真的去了解她内心的诉求，更没有人可以做到真正的感同身受。一开始，人们尚且对她抱有同情，愿意听她说上几句，可渐渐地都听烦了，便开始躲着她。苦难，从来不是什么好事，但倘若躲不过，也只能将它掰开了，揉碎了，细细嚼着咽下去。

早年间，蔡康永在《真情指数》节目中采访了成龙。当时，成龙刚拍完了一部新电影，蔡康永问他：“拍电影累不累呀？”谁知，这么一个看似平平淡淡的问题，让成龙在节目中哽咽了整整 15 分钟。一时间，观众和蔡康永都有些错愕。要知道，成龙在影坛上地位斐然，演艺圈的不少明星见到他都要尊称一声“成龙大哥”。奥巴马曾邀请他参观白宫，亲自接待；贝克汉姆曾在活动中追出来向他要签名；奥斯卡还授予他终身成就奖……银幕中饰演铮铮铁汉，生活中功成名就，实在很难想象，是什么样的辛酸苦楚，会让成龙足足抽噎了 15 分钟。有些苦，只有他自己最清楚。没人知道他可曾深夜哭泣，也没人知道他辗转反侧熬过几个春秋。

杨绛先生活过 100 岁。她在《一百岁感言》里面说："在这物欲横流的人世间，人生一世实在是够苦。"浮沉人世间，起落悲欢处，多的是柴米油盐的琐碎，人情往来的无奈，还有鸡毛蒜皮的辛酸。苦过才是生活，熬过才是日子。

电影《岁月神偷》中有这样一幕：台风呼啸，暴雨侵袭，夫妻两个人经营的破旧皮鞋店就快要被风拆了。只见两个人站在二楼的阳台，在风雨里咬紧牙关撑住随时会倒塌的房顶。丈夫说："抓紧啊，最重要保住个顶。"看得出此时此刻这对夫妻几乎到了快要崩溃的边缘。但他们依然强撑着，因为一旦倒下，整个家就没了希望，所以再难都要挺下去。现实也是如此，没有谁是生来就足够强大的，不过是在命运一次又一次无情的打击中学会了撑和扛。

余华先生写了一本书《活着》。这本书是他听了美国一首叫《老黑奴》的歌而写的。小说中，福贵命运多舛，年轻时仗着家财万贯，奢靡堕落，那时他尚未经历生活的苦。豪赌散尽家财加之社会变革，使家道中落，他的苦难就此慢慢开始。后来，父母相继辞世，妻子患病离世，孩子也因为各种原因先后离开，最后仅剩的小孙子也因吃豆子不当噎死，所有的亲人都离开了福贵，只剩下一头老牛相伴。

福贵这一生，仿佛经历了人世间所有的酸甜苦辣、生离死别。前半生逍遥，后半生凄惨，大喜后的大悲，更让人窒息。无论多么艰难，福贵还是选择努力活在这个世界上。活着才有希望，死了就没有任何机会了。有时，死很简单，但活着却很难。活着，要靠我们自己去度过一个又一个的苦难，正因如此，活着才是值得的。苦难只是一时的，当福贵熬过苦难后，发现生活是美好的。

生命是什么呢？生命是时时刻刻不知道如何是好，先苦才后甜。细细想来，吃得最舒服的饭菜，一定是调味适中，火候正好，一丝清甜润心，一瓣微苦护身，于此阴阳调和，方能隽永绵长。其实，古人早已就“我来到人间一趟，应该怎么办”进行过深入的思考。比如“人死留名，雁过留声”就是对来人间一趟的思考。问题是留的是美名，还是恶名？这确实是我们需要认真思考的。

《钢铁是怎样炼成》一书中写道：“人最宝贵的是生命。生命属于人只有一次。人的一生应该这样度过：当他回首往事的时候，他不会因为虚度年华而悔恨，也不会因为碌碌无为而羞愧。”这又何尝不是对“我来人间一趟”的思考？

来人间一趟，道路怎么走？这既是人生观的问题，也是个哲学问题，确实值得深入思考。我希望我们思考的结果，应该是充满激情的，昂扬奋发的，而不是颓废的、低落的。唯有这样，才能积极向上，踏踏实实地走好人生的每一步。

心中的琴弦

我们这个时代多的就是思想，却再也容不下灌满鸡汤的思想。所谓心灵鸡汤，喝一碗就是养胃，但如果整天有人拎着你的脑袋猛灌鸡汤，就像流行音乐，听多了也会腻味。只有古典音乐，你才可能一遍又一遍重温。那么散文呢？我不知道散文的最高境界是什么。喜欢阅读散文已成为我个人的生活习惯。每两个月都要到图书馆借阅五本书，这已成为我几十年的生活习惯。

上中学时，一直喜欢把好的美文摘抄到笔记本上。有一段时期，我是分类摘录的，多次想寻找四十年前的那些笔记本。遗憾的是，再也没办法找到。

在我们图书馆一楼偶遇作协冯晓晴主席，又聊到散文。我说起过去心爱的笔记本，又想起过去好多好散文都能背诵。她说我和你一样，过去文学青年都有这个爱好。其实，好的文字写作者自己知道，其他人只能通过心去感受。

于是我们两人探讨起文字。

比如，“一滴雨里的伤痕，在你一饮而尽的刹那，慌乱的心绪，便溢成了满满的包围。”这是什么意思？如果有了下一句“不要承诺，不要誓言，只要用一杯茶的温度，品茗一生的幸福。”那就丰满了。

比如，“我打碎了夕阳，也未见晨光。我捧起了时光，却记不清你的模样。”如果这句话换一种写法，怎么写？当然有多种。可以是“我打碎了夕阳，也揉碎了月光。拉着李白大醉一场，撒下九州的霜”；可以是“我打碎了夕阳，借了一碗清汤，想等一束月光，可倒影全是你的模样”；也可以是“我打碎了夕阳，夜色研磨成霜。繁星摇摇晃晃，跌落人间欢场”；还可以是“我打碎了夕阳，落下满地霞光，一帧一画，皆为过往，只想夕阳赠我顷刻黄粱”。

看着满是书的图书馆，我请教冯主席，怎么写？谁如果锁住茫茫大海千百年的惊涛骇浪，使之像甜睡的婴儿一样悄无声息，那么，这静穆的海浪可谓图书馆最贴切的比喻。这只能算是美文。

冯主席开玩笑地考问我：“何谓散文？怎样区分散文、小说和诗歌？”我也开玩笑地跟她说：“一个人平平常常走在路上就像散文，一个人忽然被推到水里就成了小说，一个人被大地弹射到月亮上那是诗歌。”

如果文学作品是说话，是说话的延长，散文就是谈天，是谈天的延长。散文的特色在一个“散”字。“散”的意思是拘束少，刻意加工的成分少，没有非达到不可的目的。

我一直以为，散文就像散步，不必每分钟一定走多少步，不必沿一定的路线，不必预定一个终点。犹如我和冯主席在图书馆一角谈天说地，事先并未预定要产生结论，也未曾设计起承转合，乘兴而谈，尽兴而止。

冯骥才在《绘画是文学的梦》中也表示感慨："文人在写作时，使用单一的黑墨水，没有色彩。色彩都包含在字里行间；而且，他们是通过抽象的文字符号来表达心中的想象与形象。"

文字的使命是千方百计唤起读者形象的联想，唤起读者的画面感，设法叫读者"看见"作家所描述的一切，也就是契诃夫所说的"文学就是要立即生出形象"。说这些可能有点深奥。如果朴实一点说，在许多人心目中，散文不像小提琴，也不像钢琴，最像大提琴，它的声音不是高到云霄里，而是低低、沉沉又优雅的。每个人心中都有琴弦，当生活的素材来了，体会到了某种感动，琴弦就会被拨响。而对于创作者来说，拨动琴弦后能否弹出动人的旋律，还取决于创作动力。

无心插柳柳成荫。其实，散文就是写平常生活中那些最值得写下来的东西。不使劲，不刻意，不营造，也不矫情，更无须"绞尽脑汁"。这个观点，冯主席点头认可，我也认同。

光阴也长大

小时候，我总盼望哪一天成为大人，可以自己做主买自己想要的东西，可以成为一名图书馆管理员；曾经我以为，岁月长不大，爷爷奶奶永远是我的依靠；有一阵，我顽固地认为，我看到的就是世界，其实看不到的才是更大的世界。

小时候，一个烧饼、一根棒冰、一串糖葫芦、一颗水果糖、一句夸奖，都可以让我快乐好几天。长大后，我才发现，成年人的世界远非想象得那么美好，并不总是挥斥方遒、指点江山的豪迈。成为不动声色的大人，有幸福，但更多的是无奈。

小时候学走路时，摔一跤，我会号啕大哭。现在不一样了，只是拍拍身上的灰，接着走。是哪一瞬间，我意识到自己长大了呢？长大，仿佛就是一瞬间的事情。

无论是四季更迭，还是花开花落，时间总是很任性，从不顾及任何人的感受，不言不语地悄悄前行。一转眼的工夫，一个月就过去了，一个转身，一年又去了三分之一。

最美人间四月天。曾经的四月，春日正浓，春光正好，有开不败的花朵，有闻不尽的芳香，然而，光阴从我的指缝中流走，我眼看着四月很快就被五月带走。

每次我翻开那尘封着时光的厚相册时，总是不禁感慨时间走得太快。人世间，有无数明天的憧憬，有无数未来的向往。我曾如此渴望命运的波澜，现在才发现，人生最曼妙的风景，竟是内心的淡定与从容。

世界是多元的。这边杏花微雨，那边紫燕呢喃；这边鸟鸣婉转，那边蝶舞蜂忙；这边春和景明，那边疾风骤雨。长大其实没有我想象中的那么可怕，鲜花在它开放的每个阶段都有不同的色彩。

我知道，一切都是光阴的馈赠，一切都是世界的珍藏。十里春风，吹来的是芬芳。醇香的岁月里，上帝不会让人同时拥有四季，我也只能一季风景一季风景地享赏。

奥罗莎琳·德卡斯说："对于那些内心充溢快乐的人们而言，所有的过程都是美妙的。"花开花落，何尝不是一场生命之舞？生命就像一段旅程、一场庆典、一场大戏，而主角，就是我自己。我唯有慢慢行走，慢慢欣赏，才对得起内心。

终于到了小时候羡慕的年纪，却没能成为小时候羡慕的人。我终于明白，世界上只有一种真正的英雄主义，那就是认清生活的真相后依然热爱生活。生活也是一个战场，必须由我自己乐观而坚定地向前走下去。

人慢慢老去。我猛然发现，岁月并非永远年轻，光阴也会长大。

都是健忘惹的祸

不知时间是否会故意带走一个人不在意的记忆，在流年间每个人或多或少都会变得有点健忘。

“忘”字的结构是亡于心，在心中消失得无影无踪。生命中有很多事，随着时间流淌都会被慢慢淡忘，所以才显得文字记录是多么地重要，但记录有时还是苍白无力。人活一世和许多人一起同行，人生的道路上，走着走着，原来很在意的人就不再联系了，慢慢地甚至变成很少想起，这就是真实的生活现实。

人都是会遗忘的，健忘这个特点和人类的记忆有关，是人的生理和心理决定的，生理原因占主导地位。可能上了岁数的原因，近些时日，我自己总是感觉记忆力明显减退，三十年前的朋友，有的名字都记不清了，还经常丢三落四，自己刚刚做过的事情就不记得，如洗手忘记了关水龙头或者是出门的时候忘记了带钥匙。

我问问我同学，他们也是一样。生活中，也经常是放下东西就忘记，上一秒想做的事情，下一秒就忘了。刚开始还以为是自己到了“老年期”了,结果我读完《曼德拉效应》一书以后，才明白，这是人类的正常现象。

以前朋友们一起聊天，说起过去的事情，我记得清清楚楚，大家说我记忆力太好了。可又有谁知道，现在好多的事，我做了就忘了。还有一些事，在生命之中很“深刻”，但因为“刻”得很光滑，理解了“深”的幽情，而忘记了“刻”的痛苦，姑且把这些称之为选择性记忆吧。选择性记忆是人的一种本能。“忘”也是本能。既然是本能，就离不开“能力”，“忘”能让我具备哪些能力呢?

健忘是社会进步的天性，它总是以一副傲慢的姿态注视着残存的不公正。当然，健忘的人会少很多妄想。爱迪生是个闻名的健忘家。有一天他和新婚妻子坐火车到旧金山。下车时他按照习惯清点一下随身物品,然后走到出站口。检票员很熟悉他，向他打招呼:“爱迪生先生，有没有把什么东西忘在车上?”“没有。”“再想想,你这个人老是丢三落四。”爱迪生突然一拍脑门:“不好，把夫人丢在车上了。”

有人说，健忘是高智商的一种表现，忘性和记性一样重要。伟大的科学家牛顿，有一次邀请一位朋友到他家吃饭。但是当时牛顿正研究科学入了迷，就把这件事忘掉了。他的用人因为没有提前得到他的嘱咐，所以照例只准备了牛顿一个人的饭。临近中午，客人应邀而来。当客人看到牛顿在埋头计算问题，桌上、床上还摆着稿纸、书籍时，客人就没有打搅牛顿，又见桌上摆好了饭菜，还以为是给他准备的，便坐下吃了起来。吃完后见牛顿还在全神贯注地做研究，就悄悄地走了。当牛顿把题计算完，兴高采烈地走到餐桌旁准备吃午饭时，看见盘子里吃过的鸡骨头，恍然大悟地说:“我以为我没有吃饭呢，原来已经吃了。”我想，牛顿把脑力放在待客吃饭上，他还会是牛顿吗？假如，我把脑力放在记忆人名上，我还能高效地完成工作吗？所以，提高记忆力最好的方法是不记，让脑力更多地放在分析问题、解决问题上。

很多人为记忆而活着。记忆就像一本独特的小说，内容越看越多，越描述越清晰，越读越沉迷。但是呢，也有些人是为健忘而活着的。爱因斯坦坐火车，遇到列车长来查票，他找来找去，就是找不到车票。列车长客气地对他说：“教授，不用找了，我知道您是谁。”说完，列车长就继续往下查票。列车长查完这节车厢，准备离开到下一节车厢去，可是转头看到爱因斯坦还在找票，甚至跪到地上去找。

“教授！教授！您真的不用找了，我知道您是大名鼎鼎的科学家爱因斯坦，我相信您一定买过票了。”列车长热心地说。爱因斯坦抬起头，很不好意思，尴尬地对列车长说：“我也知道我是谁，但是我必须找到这张车票，因为我忘了要到哪一站下车了，只有看到车票才知道！”史上最聪明的人尚且如此，所以我偶尔忘东忘西，不用叹息，也能想开很多。

健忘，是一个轻易不敢触碰，却又不得不最终接受的存在。星期天天气太热了。空调太费电了，为了既避峰用电，又讨好太太，我陪太太去大润发超市蹭空调。逛了一下午，买了一箱牛奶花了 78 元，一条凉席花了 106 元，为太太买了两件衣服花了 460 元，食品花了 38 元。回到家发现空调没关，开了一下午。你说，我这不都是健忘惹的祸嘛！

人是一种既健忘又善记的动物。忘记和记错，是不是人类特有的行为？忘却并不代表着消失，那段记忆只是在某个角落存在而已。尘封了，风吹散了，并不意味着真正的遗忘。健忘，有时是因为太自我，忘了周遭，忘了远方。所以说，有些往事，可以永远尘封着，何必常去揭开顾影独自怜，翘首空自悲？而有些喜悦，可以常翻晒，常回顾。这，不是对活在当下的自己更好的馈赠吗？

太阳有起有落，生活有苦有甜。依我看，健忘也算是一种福气。

晴耕雨读

时序如斯循四季，流光若水逝千川。

一场秋雨一场寒，秋天总是在一场场秋雨中，变得真切起来。以前，我是不喜欢秋天的，总觉得是凋敝的季节，冬天的前奏，似乎是下坡路的象征。而现在，开始知道秋天的好。秋天似乎是得到后的放手，掌控后的释然，人不可能永远是烈火烹油、鲜花着锦，总有热度慢慢褪去的时候。

那天，在祥丰酒楼看到一幅牌匾“晴耕雨读”，我忍不住拍了下来。据说，“晴耕雨读”的典故最初源自诸葛亮的《出师表》，“乐躬耕于陇亩兮，吾爱吾庐；聊寄傲于琴书兮，以待天时。”

有人说，人生最好的状态，就是“晴耕雨读”这四个字。如果晴天，就好好耕种；如果下雨了，那就在屋檐下读书。择一轩窗，泡一壶茶，坐在窗前听雨，真是一件最美妙不过的事。一书一茶一人，托腮冥想，看书品茶听雨，一人得神，乃极至享受。这或许是中国读书人的梦想吧，中国文化里，历来就有耕读传家的传统。耕，可养家糊口，以学谋生；读，可修身养性，以学做人。

有人喜欢下雨，有人讨厌下雨，各人自好而已。周日空闲的时间，二层办公室里只有我一个人。雨像个扩音器，把所有的声音放大，加上一点风萧萧雨绵绵的气息，让人心情瞬间安静下来。

借着外面淅淅沥沥的小雨，静下心来翻开自己最爱的那本书。沉浸在书中数小时，我的心中产生了一种忘我的喜悦。

雨天读书，和平日里读书不同的是，窗外雨声潺潺，仿佛有人正在弹奏一曲乐章，时而急切，时而柔缓。在柔和的光线下，这变幻莫测的节奏，反而使人减去了几分浮躁，平添几许沉静。

雨天读书，身心俱闲。现代人身处红尘，又无深山古寺可寻，生计劳顿已使人身心两疲，而雨天既不适于出门旅行，也不好贸然湿衣访友，正好将平日想读而没读的书读个酣畅淋漓。读书时的心境就如同枯木老枝，在无声的润雨中悄然发出嫩叶新花，使心灵也变得洁净一新。

我经历过无数次独自待在雨天的时光，这样一个人最是惬意。好像时间会停滞，我永远不会老去。

人生需要太多的面对，这是你无法逃避的。只有专注于某件事，你才能忘记人生的烦恼。心灵和胃一样，需要安顿和滋养，读书也许是最好的一种方式吧。可是现代人太忙，忙到最后连为什么忙都不知道了。过多地去追求物欲，脚步太快，以至于把灵魂都丢了。

可能每个人休闲娱乐的方式不一样，不过对我来说，我与书特别有缘。

下雨天，空气阴湿。风也刮个不停，藤还攀附着颓垣残壁，每来一阵风，枯叶飞落纷纷，天虽然是沉闷的，但我的生活却充满宁静、祥和。风里，跟着内心畅游在文字之间，感受雨天与文字的碰撞。

雨天适合阅读，听雨读书是一种享受。独处时，雨声是最贴心的陪伴，它可以使人忘记时间，沉浸在一个人的世界里自得其乐。

读书并不能产生什么名利，但它能满足你心灵的需要。仅此一点，足矣！

外面的雨还在下，从书中醒过神来，美美地呷口热茶，再听一段音乐，何等地快意……

欲望的锁链

小时候，我喜欢看童话故事。在我心目中，狼好像永远是邪恶的化身，是丑恶的代名词。翻开《辞海》，什么狼子野心、狼心狗肺、狼狈为奸、狼奔豕突；什么秦国之俗贪狼、狼戾不可止……翻遍了也找不出一句褒奖的话，清一色贬义词。

说起狼，我首先想到的就是阴狠、狡诈、贪婪，还有那双幽绿的狼眸，以及月色下如同幽灵般的身影。

“贪狼”的印象就这样深深地镌刻在了我童年的脑海里。一天，狼在路上看到了受伤的神，狼救了神，并每天奉上新鲜的肉来给神食用。神的身体渐渐恢复起来，神非常感谢狼，决定报答它。神对狼说：“我可以满足你一个愿望，你希望得到什么呢？”狼说：“那我就许愿得到三个愿望，一个愿望太少了。”神无奈地答应了狼，狼现在有三个愿望：“我的第一个愿望就是有吃不完的猎物；我的第二个愿望就是能够不再遭到猎人的猎杀；我的第三个愿望就是再得到三个愿望。”

欲望就像是一条锁链，一环牵着一环，永远都不会满足。你看，狼的愿望就是更大的欲望。很多人说，性格决定命运，但对于狼而言，欲望决定未来。换言之，即对猎物的野心有多大，就有多大收获。

我知道，狼是世界上好奇心最慢的动物，即使是熟悉的环境、事物，它们都不认为是理所当然。狼族拥有非同寻常的特质和超强的生存能力，这让它们在危险恶劣的环境中生存繁衍了百万年。当人类还在为了个人利益各自为战、尔虞我诈之时，它们却始终保持着种群存在的根本，那就是欲望合作。

今晚，我又重读寓言故事《贪婪的狼》，故事很短，却蕴含着让人醍醐灌顶的智慧。

没有人能骑在你脖子上，除非是你自己弯下了腰！你说狼贪婪，那么我说人呢？人类呢？沉溺于安逸的生活，会给人带来灾难；而贪婪能令人类自取灭亡，贪婪最终的结果是一无所获。

在《狼图腾》这本书中，我看到描写狼的几个典型的事例。草原上靠的是以草作为基础进而发展的食物链。而草的存量是有限的，因此必须保持平衡。当人多了，必然牛羊就多了，导致草就少了，鼠兔也必然少了，狼不得不去杀死更多的羊作食物，同时来维持草原上的食草动物的数量。让草原上有限的生命得到延续，这是狼通灵的另外一个重要的表现。所以，狼并不全是贪婪。如果说贪婪的话，应该是人类过于贪婪，才导致了这一切。

在世人的眼中，狼是贪婪的，但和人的贪欲相比，狼实在是小巫见大巫，它贪图的不过是一顿饱饭、一季安稳，而人呢？人贪图金钱、权势、美食、天下……

殷先生是我的老领导，他对此认识更深刻。他说："弱肉强食不单是动物的准则，人类的欲望也是无穷无尽的，为了自己的利益，可以把地球的环境搞得乌烟瘴气。特别是随着高科技迅猛发展，人类更加疯狂，一把双刃剑，沾满了野蛮、杀戮，比狼族的獠牙更加残暴。人类最重要的价值在于克制自己的本能欲望和冲动。”是的，这世上最难填满的，就是人心的无底洞。人活着不可能没有欲望，但这个欲望需要控制，否则过度追逐而永无止境就是贪得无厌。

人若不懂得节制欲望，终将被欲望所反噬。这也让我想起了亦舒在《印度墨》里有一句话，耐人寻味：“我提着一个袋子，边走边拾，一路上拾起无数我不想要的东西。当我遇到真正想要的东西之时，袋子已经装满了。”贪婪催生一种非理性的欲望并追求身体的快感，导致人忽视他们的真实需求。

欲望需要控制，也需要修剪，还需要管理，更需要把握分寸，千万不可任其野蛮生长。只有管住欲望，舍弃一切不必要的，才能空出位置，去拥有自己真正需要的。

藏在书里的灵魂

作家梁文道曾说，一个人的书就是他的灵魂，一个人的全部藏书就是他全部灵魂。

藏书就要有书房。上中学时，我做梦都想拥有一间属于自己的独立书房，书架上放着自己喜欢的书。

成家后，我立即实现了拥有独立书房的梦想。作为读书人的我，在书房中泡上一壶茶，打开一本心爱的书，那种愉悦的心情瞬间就充满了整个世界。

我想，人生最好的心境，不是避开车水马龙，而是在心中修篱种菊。尘世纷扰，总会让人倦怠。找一个清闲的午后，远离喧嚣，此时，一本书，便是一段静谧的光阴。

星期天下午，大多是我自己的时间，一下午我可以哪里都不去，就待在书房里读书。这种习惯使得我近乎要与外面的世界发生有意无意的疏隔，好像一本书就是整个世界一样。

我深爱这种状态，自由而安静。

文友骆圣宏先生新家装修，他摒弃了客厅传统的电视机背景墙，而是做上一排书柜，把客厅变书房。我甚是称赞。

手捧纸质书沉浸其中的那种感觉，是阅读电子书无法替代的。我喜欢的是纸质书的手感，还有书的味道。

我看了那么多名人、有钱人、富豪的家，他们的家里没有灵魂，因为他们没有书房，或者有书房但里面没有书。

如果一个没有灵魂的房子却又很漂亮，那像什么？像一个很华贵的“壳”。

读书，在这个浮躁的时代，愈发显得珍贵。人与书的关系，我总愿意把它比喻成庄稼与泥土的关系。如果没有肥沃的土地，庄稼将生长在哪里？而秋后的丰收又从何而来？书就是人的泥土，人的灵魂就是泥土上的庄稼。灵魂是需要生长的，要想自己真有品位，灵魂高洁，那就必须把书当成它的泥土。

我太太对我说，人类除了需要健康的身体支撑日常生活之外，让人产生多种情愫的，其实都是来自灵魂。她倒是认为读书这件事，就是给灵魂一次又一次的丰盈，让人的生命更有价值，更有幸福感。我很认同。

读书是我获得灵感自由的最好方式之一。平时工作就算是再忙，晚上睡觉前，我总要静下心来读几页书，心里才感到安稳。看书的时候我有个习惯，就是读到喜欢的句子段落，会重新摘抄在笔记本里，有的时候会直接勾画在书上。有时一本好看的书，会来回看上三遍五遍。

读书真的可以“防老”。什么意思呢？老人最可怕的就是他没有什么机会改变自己。如果一个人上了年纪依然很开放，而且是以严肃的态度去阅读、容纳一部作品，挑战自己、改变自己、提升自己的话，他就还有变化的可能。

“人生除了眼前的苟且，还有诗和远方。”而生活的苟且就在当下。在社会中谁都无法独善其身，或是独享自乐，每个人都存在各种难以言喻的困难……我以为，要拥有“诗和远方”离不开读书。其实，诗和远方永远在路上，也在自己的心里。

相信种子，静候岁月；埋下种子，静待花开。读书也是这样！

幸福的良药

“感谢您选择以每月捐款的方式，帮助中国的困境儿童。您的持续捐助，对于孩子们意义非凡，谢谢您成为联合国儿童基金会的朋友，和我们一起帮助中国困境儿童！”盛夏时节，家住无锡某小学的康康小朋友收到了“联合国儿童基金会”寄来的感谢信，对他的爱心捐助给予了肯定。

月捐，您听说过吗？联合国儿童基金会致力于维护和促进中国 2.7 亿多名儿童的权利和福祉。基金会“月捐为儿童”计划就是支持中国困境儿童的项目。这是一项爱心工程。

我认识的这个小朋友，母亲很开明、很伟大，她支持自己儿子从小学一年级开始，从零花钱里每月捐助 100 元，真是很了不起。从小看到大，可想而知，小朋友长大后，会成大器，成大材。捐助，不在于量的大小、物的贵贱，无论多与少，都是爱心的奉献、力量的集聚。

做善事是一把健康的金钥匙，是生活幸福的最好良药。这个家，那个家，不管做什么家，最高境界就是慈善家。邵逸夫先生就是这样一位慈善家，他算不上是最有钱的人，在香港比他有钱的大有人在，但他绝对是屈指可数的大慈善家。他曾说：“我的财富取之于民，应用回民众。”他说到了，也做到了。

“我今天来到这里，就是因为世界需要更多来自你们的希望和动力。”在XIN公益大会主论坛上，约旦王后拉尼娅·阿卜杜拉发表了题为《逻辑与爱的伟大》主题演讲。在她看来，捐赠金钱比获得金钱更容易带来快乐，相信每个微小力量，依然可以伟大。

捐赠，是一种力所能及的善意付出。对陌生人施以帮助，对捐助人自身也有好处，因为他日后可能获得回报。但如果是匿名捐助，比如对某项事业的捐助，捐助人本身并无法从善行中获得好处。那么，是什么激励他们做出这种善举呢？现代神经学的研究显示，答案在于实施善举所带来的快感。

曹德旺曾在接受媒体采访时说：“我认为一个真正事业有成的人，应该本着一种非常感恩和感激的心情处事，而我向社会捐款也是一种比较粗浅的表达方式。”捐赠160亿，子女都肉疼，他却回答说，你们钱都够花了，要那么多干啥？曹德旺，这个名字代表着坚韧不拔、感恩回报的人生故事。他是中国的玻璃大王，一个能从穷困之境崭露头角，最终成为亿万富翁并投身慈善事业的杰出企业家。在曹德旺看来，企业家赚钱，就像钓鱼一样，享受过程，钓到鱼之后，应该再放回去，而不是钓上鱼之后，作为“引线”，到国外享受。

爱心是一股暖流，荡涤世间尘埃。捐赠是一缕阳光，照亮他人，温暖人间。

我没有那么重要

读庄子，宛若跟智者交心；读庄子，人生很多困惑可以豁然开朗。意公子读庄子又是另外一种风味。

昨夜，看意公子最新一期视频号，主题是《虚己以游世，我没有那么重要》，她从老祖宗留下的宝贵文化中去参透人生，带给人很多的启示。

“我没有那么重要”，真的。所以，不用那么焦虑，不用那么心累。尽力而为，无为而为。

女儿对我重要吗？当然重要。小时候第一次送她去上幼儿园，哭着闹着喊着“爸爸、妈妈，我不去！我不去……”那是什么感觉？是不舍和心酸。

孩子在幼儿园里面哭，妈妈在外面哭，老师哄得怀疑人生。老师汗流浃背抱着孩子的表情让我想到一个词：生无可恋。过了一个星期，怎么样？高高兴兴去上学，去迟了还不行，她有了陪伴她的陈老师，有跟她一起玩的小朋友唐晨、徐燕和陈芝璇。在幼儿园里她开心、她快乐，爸爸妈妈对于她，已不太重要。

身为父母，我们以为自己对于孩子来说，是生命中不可或缺的存在。然而在度过了形影不离的三年后，到幼儿园的孩子，并没有对父母真正的难以割舍，要不了几天，孩子就能在幼儿园里忘乎所以地玩耍。

觉得自己重要，是因为一份责任；明白自己没那么重要，是一种觉悟。责任让我知道我为什么活着，觉悟让我清醒，可以少一些纠结、多一些洒脱。绝大多数人的人生对于其他人来说，似乎毫无意义，但对于自己的家庭、自己的亲人、自己的工作对象来说，则意义巨大。这就叫作责任。

“我们虽说再见还会重逢，在眷恋不舍中满怀牵挂。爱得有多真，扎根就有多深。到了说再见的时候，我才发现，集团就像一本书，读得不经意，便会留下遗憾；读得太认真，就会流下热泪。集团是我永远眷恋的地方，是我精神世界永远的家园，是我生命历程中永远的牵挂。”记得一次某集团公司的一把手离任时，心潮澎湃，难以平复，一番临别讲话，会场上掌声不时响起，与会同志热泪盈眶。人事有代谢，往来成古今。工作只是一种责任，是责任的传递。

作家梁晓声先生直言不讳地说：“责任即意义。”人间一趟积极向上，不畏将来不念过往。作为职场人，个人于公司或公司于个人，也没有那么重要。你离开了，总有人会替代你。时间不像解药，更像是麻药，人生没有如果，只有因果，只有责任。

责任也不是绝对的，作为凡夫俗子，又有几人能虚己以游世？正如诗人鲁藜所说：“还是把自己当成泥土吧，老是把自己当作珍珠，就时时有被埋没的痛苦。”把世事看得淡一些，把“我”看得轻一点，别把“我”太当回事，才能坦然处世，平静自省。

“我们曾如此期待外界的认可，到最后才知道，世界是自己的，与他人毫无关系。”这句话我不完全苟同。人生最大的懦弱，是在你该负责的时候，你却选择了逃避；在你该担责的时候，你却选择了推脱；在你该尽责的时候，你却选择了无视。

我没那么重要，并不是让我们自轻自贱，而是不过分执着于一己之得失和荣辱，也就是不要过度纠缠于自己的感受和觉知，并且以这种感受和觉知来度量他人和外界。

人活着，不仅是为了自己，更是一种责任。责任，坚于操守，见于人品，荒于懈怠。

心中之尺

夜幕低垂，随着最后一缕阳光的消失，老家祖屋里弥漫着一股温馨的香味。一大家子人围坐在八仙桌边上，听老人讲述他们曾经传授给我们晚辈的“老规矩”，这是一段让人终身难忘的回忆。

记得小时候，爷爷奶奶经常给我们三个小孩讲规矩。自小就知道国有国法、家有家规，正是这些规矩影响了我们这代人。

有一句老话说：“人生福气多少，取决于手中的碗。”这句话意味深长。你有没有注意过自己手中的碗呢？其实，从一个人在餐桌上的表现，可以看出一个人的修养和品行。

家里请客，上席的位置只能留给家里的长辈坐，菜没上齐之前不能动筷子，吃饭不要发出声音，筷子不能长短不一，也不可以敲碗筷，吃饭要记得手扶着碗……这些用餐规矩多多少少影响着我们每一个人，并且还会不断地传承发扬下去。

昨天回乡下看望老人，遇到过去的老邻居，又聊起农村生活中的各种“规矩”，说来确有道理，这也是农村民俗文化的传承。

从小父母就告诫我们，不管在家里还是在外面，遇到认识的熟人，尤其是长辈，要主动打招呼。说话的时候不能一惊一乍，尤其是在和长辈聊天的时候，更不能这样，会显得很没素质。

生活中，有的人没深没浅，读不懂不亢不卑，也悟不透恰如其分。家里来客人，招待时要谨记茶七、饭八、酒满，因为茶满欺人，酒满敬人，这其实是对客人的一种尊重。老人们跟晚辈总是交代出门或者是回家了，一定要和家里人打声招呼。去别人家里做客，切不可空着手去，客人没邀请不能主动坐人家的床，更不要进没有人的房间。看望病人或者是老人，要早上或上午去。老人还经常教训儿孙，站要有站相，坐要有坐相，其实这也是个人礼仪的一种体现。

人生在世，与人交往，修身养性，处处都离不开规矩。越是亲近的人越要注意分寸。碗有三不端，即亲友的碗不能端，短平快的碗不端，烫手的碗不端。如今，对这些老规矩，懂的人是越发少了。老规矩，既是教养，亦是礼仪。每个细微的肢体语言都向周边的人泄露着个人的信息，那就是家教、性格和喜好。

什么是规矩？我以为，规矩是分寸，是底线，更是人品。

心中有规矩，行为定方圆。每个人的心中，都应该有一把尺子，量德行，也量品格；量别人，也量自己。这把尺子从我们懂事起就已经存在，并会一直陪伴我们一生之久。做一个心中有尺的人，说话须谨慎，为人要真诚，做事有底线。即便是经历世事沧桑、尝遍酸甜苦辣，也会初心不改，一心向善、向阳。

如月之光华

无论人与人、人与物，其实所有的关系，都是彼此之间的能量传递。

有一天，我所在的小城突降大雨，城市交通瞬间拥堵。一名交警正在雨中执勤，没想到，有一位女士主动靠近这位交警，并用一把绛红色的大伞，为他撑起了“半边天”。

事后了解到，这位女士与交警并不相识，她却足足为这个陌生的交通卫士撑了10多分钟的雨伞，直到交通恢复畅通，才默默离开。

世界就像一面镜子，你皱眉视之，它也皱眉瞅你；你笑着对它，它也笑着看你。一个有教养的人，无论何时，都会通过他的言行，映射出其内在人格的璀璨光华。灵魂是最真实的自己，情绪也是赤裸裸的。生活中，我们从一个人对待别人的态度，也能看出他真正的教养。

之前在网上看到过这样一个故事：一位网友，与父母逛街的时候看到他们买东西要对比好长时间价格，不管买什么都要挑挑拣拣。于是喊了一句：“你们弄快点啊，不管干什么都这么磨蹭，和你们一起出门真是烦得要死！”埋怨完后，她看到父母懊恼难过的神色，又立马后悔了。

优良的品德是内心真正的财富，而彰显品行的则是良好的教养。从心理学上讲，对家人更容易发脾气，这是再正常不过的事情了。因为，家庭是个放松的地方，我们摘下面具不需要做任何伪装。那么在外面呢？可能又是另外一副模样。

脾气人人有，拿出来是本能，压下去才是本事。一个人如果总是和颜悦色，散发着愉悦的气场，即便其相貌平平，也会让人觉得如沐春风，好运和人气自然都会向其靠拢。对家人和颜悦色，才是一生最难的修行。

母亲是一个和颜悦色的人。我从小就接受她最朴素的引导，教育我们三个孩子先做人后做事。印象最深的是母亲经常叮嘱我们的话：见到外人特别是长辈要先“喊人”；问别人话的时候先说“请问”；别人给你东西，要说声“谢谢”；不要打断大人们的谈话，除非真的有急事。

一棵大树摇动另一棵小树，一朵大云推动另一朵小云，一个大灵魂唤醒另一个小灵魂，这是我理解中的家庭教育的本质。母亲还常提醒我，跟长辈或不熟悉的人说话前，最好先说一句“打扰了”或叫出称谓；如果在做一件事前拿不定主意，先去征求父母或老师的意见；不要对别人评头论足，当然称赞他人的外表是必要的；当别人向你问好时，记得礼貌回应，并且也问候他们……这些点点滴滴，均让我受益终身。

细微处的一举一动，处事时的一念一想，体现的难道不是教养？相比名声、财富、能力，傅雷先生更看重的是做人的教养。这在他写的《傅雷家书》中处处见得。

第一次读《傅雷家书》，我就深深地被这位父亲震撼了。并不是很多父亲都能像傅雷那样，既教孩子学术，又教孩子做人。再读《傅雷家书》，才深层次地领悟到，做人的根本就是教养。

我记得，书中有一封信，父亲写了儿子的两种习惯。“一是到别人家里，进了屋子，脱了大衣，却留着丝围巾；二是常把手插在上衣口袋里，或是裤袋里。”这两种习惯无论是在中国或是国外，都不太礼貌，给人一种傲慢之类的感觉。礼仪体现了自己对别人的尊重和自身的修养。当你学会尊重别人的时候，别人自然也会尊重你，所以父亲时刻叮嘱孩子，一定要注意礼节。

《傅雷家书》的结尾，还附录了一封感人肺腑的遗书。遗书写于1966年。当时傅雷和夫人朱梅馥在绝望中，选择用自缢的方式结束生命。临行前，因为担心木凳倒地的声音，会影响楼下保姆的睡眠，二人特意在地板上铺了一床棉被。傅雷还在遗书中，嘱咐妻兄转交600元人民币给保姆周菊娣。因为，他担心自己走后，保姆在乱世中不能立刻找到工作，生活会没有着落。

有人说，看一个人的人品教养，不是看他是不是西装革履，是不是有很高的官职，而是要看，不管身份高低，不管职业贵贱，他能否尊重并爱护周围的每一个人。这个观点我赞同。

是的，教养是从骨子里透出的气质，藏不住，也装不来。一个人可以佯装一切，却无法佯装教养。你有没有遇见过这样的人，明明你帮了他，他却连一声谢谢都没有？

无独有偶。上午，朋友马老师来电，与我聊到一件事。他从事公益性公考培训多年，是个全才老师，对公基和常识所涉及的各学科都有深入研究，知识储备深厚、考点突出、授课通俗易懂。另外一个熟人的小孩面临公考，请他做专题辅导。本着“考试不是要考高分，而是要考最高分”的目标，马老师倾其所能，不求回报，悉心指导。考试结果如何？理应第一时间向老师报告，可连一条“谢谢”的信息都没有。

“尊人”，是一个读起来都让人一下子会心暖的字眼，更何况去爱人呢？有深爱者必有和气，有和气者必有悦色，有悦色者必生婉容。没有爱心的人怎么会有和气呢？这世界上如果真有什么逆天改命的方法，那就是修好自己的心相。

什么是教养？我个人理解，就是能站在对方的角度去思考问题，懂得每个人都不容易且言行得当，让每个人都感到舒服，如月之光华，明亮且柔和。

余生漫漫，做个和颜悦色的有教养的人，必然会被命运温柔以待。难道不是吗？

渺小亦伟大

有时，我在思考一个简单而又深奥的问题。人类有时连自己本身都没有认清，何况是面对茫茫大自然、神秘莫测的宇宙？我弄不明白所以然，也不完全因为我不是科学家。

小时候，我认识宇宙的渠道少之又少。听大人讲外面的故事、看小人书、听广播，亦或仰头问苍天，天上有云，云外有什么？低头问蚂蚁，你的世界又有什么？

记得有一年的夏日午后，榆树下面，我和弟弟妹妹一起玩耍。那天，我们一起观察一只孤独的蚂蚁“赶集”。弟弟勇敢地把那只蚂蚁捉到了小方桌上，但一不小心把它的一只脚弄断了，它变得四脚朝天。我还以为蚂蚁死了，不料它翻了翻身，奋力想逃脱我们的追赶，于是它跑到桌子边，用它那微小的身体撞向了坚硬的地面，就这样，它的生命从此就结束了。我惊呆了，真不敢想象一个弱小的生灵对生的渴望竟是如此强烈！

我当时想，蚂蚁也是有生命的，它肯定有思想。不知道它最远能看多远？对于庞然大物的人来说，它知不知道这是人？它知不知道山外有山、人外有人？蚂蚁对于人类来说，相对比较渺小。那人与大自然呢？

长大后，我才知道世界是如此之大。在我欣赏摄影师 Chris

Burkard 拍摄的许多景象恢宏、气势磅礴的风光大片后，更深切地体会到自然界的旷阔场面。

一幅照片就可以把人类的渺小衬托得淋漓尽致。冰岛的冰川泻湖周围有大量破碎的蓝色冰山，摄影师从一处巨型冰洞内向外拍摄，正巧捕捉到一名徒步者经过，在大如漩涡的冰洞口，这名徒步者的身影小如米粒。很多时候他将自己作为照片中的一个点，和大自然融为一体，让人感受到大自然的神奇伟大，而我们人类是如此之渺小。

在大自然面前，多数时候我们无法也不能说“不”，因为人类太渺小了。宇航员在太空中会有这样一种心理体验：当他们从太空遥望地球，发现它只不过是一个微小而脆弱的球，悬在浩渺的虚空中，仅被一层稀薄的大气层所遮蔽。从太空上看，国界消失了，人与人之间的冲突变得不再重要，而代之以一种责任感。

宇航员的体验感是对的，责任是如此之重。我想，建立一个全球一致的社会，来共同保护这个“淡蓝色的小点”，是作为人的责任。大自然对于渺小的人类来说，像是一个神秘莫测又极端的艺术家，有时能给我们美轮美奂的惊喜，有时又能轻而易举翻手摧毁一切。台风、洪水、火山爆发这些猝不及防的自然灾害，对于我们人类来说也常常是远在天边又近在眼前。

人有时候还是需要把眼光放远一点，敬重自然，自然才会善待我们。2023 年，所有告别了疫情的人们，都想要一个风调雨顺的年景，休养生息。然而，2023 年，开局就是一系列暴击，先是 1 月美国加州大洪水，然后是 2 月 6 日，土耳其发生两次 7.8 级大地震。还没等大家缓过气，2 月 23 日，塔吉克斯坦又发生了 7.2 级地震。还有已经传言了很久的厄尔尼诺现象可能带来的旱灾、洪涝，都显得人类在大自然面前无比渺小。

自古至今，人类从未停止过探索宇宙和未知的步伐。“天要下雨，娘要嫁人”，人类有太多的无奈，唯有以一种哲学的思辨认识自然、尊重自然、敬畏自然，才是最理性的。

有人说，人的欲望和贪念，是最可怕的毒药。欲望和贪念，会蒙蔽我们的眼睛，会让我们变得无底线、无原则、没有敬畏之心，到头来，只会自取灭亡。

任何时候，人都要保持清醒，要懂得敬畏大自然，敬畏世间万物。人类并不能凌驾于世间万物之上，人只有和大自然和谐相处，才能够平平安安。

人在大自然面前是渺小的，但也是顽强的。人生的一切，不是算来的，而是奋斗来的；不是求来的，而是努力拼搏来的。

《老人与海》的主人公名叫桑提亚哥，是个老渔夫。他孤身一人屡次出海，连续八十四天一无所获。大海浩渺无边，变幻莫测，有时波澜不惊，有时又巨浪滔天。在大自然面前，人类渺小得几乎不值一提，然而桑提亚哥那种不屈不挠、誓死斗争的精神，却让他的人格显得无比崇高。

我知道，一滴雨是渺小的，千万滴雨点一起就能汇成一场春雨，使天地如洗，万物浴新；一朵花是单薄的，千万片花瓣一起就能装点一个花园，让尘世如画，人间若诗；一个人是孤单的，千万个人生一起就能演绎一个极致的春天，惊艳时光，温柔岁月。这是什么？这就是万众世界，这就是人的伟大。

被墨汁“渗透”过的日子

八小时以外的生活，是一个丰富多彩的世界。这里可以坐观天上云卷云舒，闲看庭前花开花落……这个世界有一个童话般的名字叫“自由王国”。在这里，你可以自由发挥，随心所欲。

在这个“自由王国”里，我却喜欢独自领略王羲之的遒劲飘逸，更欣赏米芾的八面出锋，造字欹俊。这也是我业余生活中最大的情趣所在。

其实，这种情趣的产生，起初也不过是出于羡慕，进而，对书法有了一些爱好，因此也下过一些功夫。后来，一个偶然的机会，我看到“‘长安杯’全国现代书法大赛”的征稿启事，便抱着试试看的心态送去了一幅作品，结果竟得了一个二等奖。这无疑成了我书法情趣产生的最初动力。

多少帝王将相随着朝代的更替而被遗忘，多少宫阙殿堂随着时间的推移而被湮没，但一幅墨韵淋漓的书法，却能够流芳百世，惠及子孙。因此，我更加对书法情有独钟。

于是，书法也就顺其自然地挤进了我的业余生活。平时节省下来的钱，除了购买文房四宝，就是收集名家碑帖；也曾自费参加过华艺书法习字会举办的“书法函授班”，利用业余时间参加了全国书画函授大学的学习，系统学习了书法的相关技法和理论；坚持利用业余时间为单位写黑板报、办宣传栏、写奖状等，主动寻找可利用的机会练习书法。

书法艺术，道法自然，是灵性的体现。想要在书法上有所表现，就看一个人能否经得起这种来自心灵的冲击。经过近四十年的不懈努力，我的书法作品先后在“美在大丰”全市书法比赛、全市职工硬笔书法比赛中获得了一等奖；在“海河杯”全国书法比赛中获得一等奖，上了报纸、登过杂志，出过专辑，并被书法家协会吸收为会员；作品入选《中国书法艺术家精品》……

有的朋友也许会说，八小时以外放松自己心情的渠道很多，为了练几个字下这么大功夫、费那么多时间有点儿不值，字写得再好又能有啥用呢？

但我认为，八小时外，挥毫泼墨，就犹如享受《高山流水》的空灵明净，就宛若走进唐诗宋词的幽静深远，就胜似漫步于莎士比亚、托尔斯泰、海明威、泰戈尔等文学巨匠所营造的文学殿堂；更像在文学网站上抒写真性情的散文随笔，看悲欢离合的爱情故事、欣赏轻灵美丽的丝路花雨，采撷几缕幽香，带走一帘幽梦……

书法就像一剂奇特的良药，使我的业余生活更加充实，更富有情调。每当我伏案疾书，一切俗务杂念都悄然离去，气定神闲，笔走龙蛇，犹入仙境；每当我遇到工作中难以逾越的障碍，只要提起笔就能忘我，调整自己的心态，以平常心待人接物；每当春节前夕为敬老院书写对联，就感到格外高兴；每当我把比较像样的字传授给宝贝女儿时，就会觉得特别地幸福……

书法像亲人、像朋友，它聆听我的倾诉，安抚我的心灵。书法伴我度过了青涩的岁月，伴我度过了快乐的夜晚时光，把我带入了精神的乐园，教我懂得了如何面对人生的苦与乐。

我喜欢书法、热爱书法、玩味书法。我努力用我的肌肤亲近书法，我享受让墨汁“渗透”的日子。

附录一：

丹顶鹤与散文的飞行高度

——观鸟与读书平行笔记

马连义

今年立冬与小雪之间，我关注着两件事，一动一静。

第一件事是观察候鸟，几乎每天白天都要在野鹿荡观察候鸟南飞。晚间回到恒北村住地，读一读高新东先生的《光阴也长大》《秋色如春》《站在岸上赏月》《飞过一片时间的海》四本散文新著，这是第二件事。读着美文，想着鸟群，这个冬天比较安祥，不像去年此时，疫情肆虐，“兵荒马乱”的。

据观察，今年冬天野鹿荡有200多种候鸟在此过境或者越冬。近两周几乎每天都有贵客来，目不暇接。而高新东先生的散文，也几乎篇篇珠玑，赏心悦目。关键是两者高度切合。我数了一下，直接描述大自然的有100多篇，仅《站在岸上赏月》这一本就有30多篇，在现代散文写作案例中，这个比例很高。涉及明月、桃花、光束、浮生、潮汐、方塘、靠山，并有多处关于鸟的描述，风乎舞雩，天河绚灿。

我想起仙鹤的婉约与散文的尔雅。

我还想起仙鹤与散文的飞行高度。

我还想起仙鹤与散文的美学价值。

截至昨天，野鹿荡已见36只丹顶鹤、200多只东方白鹳、200多只黑脸琵鹭等国家一级保护飞鸟。黑脸琵鹭是从朝鲜半岛飞来的，在大连栖息一周，到野鹿荡休整10天，前天136只飞去祖国宝岛了，1200千米，飞行19个小时。丹顶鹤则选择在此越冬。每天中午太阳暖和的时候，丹顶鹤们在跳舞，集中在浅水滩或周边麦地的边沿。

野外归来，我在高新东先生的千篇散文中徜徉，竟然发现温和、温暖、温度是四本散文集的基调，冬日暖阳下的麦地，成为这些散文的背景。无论是致敬先贤、知人论世或点评当下，全部温文尔雅，娓娓道来，格物致知，沁人心脾。

在恒北村的方塘边，面前有几只喜鹊和麻雀在觅食，我与高新东先生讨论着仙鹤与散文的飞行高度。到野鹿荡越冬的丹顶鹤是从西伯利亚飞来的，那里有一个山口海拔1400米，是这条飞行线的基础高度。想想一个生命的个体，与同伴一起在云端飞翔，其视野，其胸怀，其对于自然资源的观照与选择，其领队在风雨交加中呼唤、指挥团队的风声鹤唳，是何等壮阔、豪迈与悲悯。

高新东先生在创作过程中，认真研读了20多位古今中外散文名家之作，发现优秀的散文都会飞，飞向高处，飞向远方，当它们像候鸟那样折回的时候，就完成了灵魂的洗礼和生命的轮回。高先生将这种领悟贯彻到他的作品之中，这些作品便格外流畅与豁达。

人生修为应当还有一种境界，叫作“自然美学陶冶”。比如清晨在一棵树的枝丫间，观察霞光将一张带着露珠的蜘蛛网映照得色彩斑斓；或者月明星稀的夜晚，仰视冬季大三角明亮的存在……我们在凝视，呈忘我状态，其实已经沉浸在宇宙级别的浪漫之中，这应当是顶级的修为。

对于我们平常之辈，天高云淡，望断南飞雁，就是世间极致美学和宇宙极别的浪漫。在这个冬天，我和本书作者一起，阅读了大量天行之物和世间散文，提升着散文写作与大自然联接的能力，计划着在我们世界遗产地的家乡，写作更多灵动的散文，展示大自然无尽生态之美。

2023 年 12 月 2 日于野鹿荡九船渡

（马连义：文化学者，本场人文化创始人，野鹿荡中华暗夜星空保护区创始人。）

附录二：

秋天，是欣赏的时节

陈素琴

秋天，是一种成熟，更蕴含着新的希望。

那天，在去上海的高铁上，我正心无旁骛地拜读高新东先生的散文时，突然接到一个电话，正巧是他打来的，请我给他的散文集写一篇书评，我既感到荣幸之至又甚恐自己不能写好。

高新东先生为人谦逊低调，做事稳健靠谱。他兴趣广泛，多有涉猎，无论是在书法、文学，还是在乒乓球、音乐、摄影等方面，均颇有建树。他的文学作品曾多次在“人民作家”等媒体上发表，我也是他的忠实粉丝。

能够给他的文章写点读后感，我真的非常幸运和幸福！30多年前，高新东先生是一名从盐城会计学校工业会计专业毕业的佼佼学子。30多年来，通过自己的不懈努力和深耕博采，他终于在文学的大地上开花结果，绽放芳华。

想当年，我刚大学毕业，一工作就有幸担任他们班的班主任。作为一名财会专业老师，看到优秀学生的散文集即将出版，我感到无比地自豪，更为他感到高兴！一路走来，我见证了他的成长、成才和成功。在为他点赞之余，又担心我不能胜任写书评的任务。

于是，工作之余，我又一次认真研读了《光阴也长大》《秋色如春》《站在岸上赏月》《飞过一片时间的海》四本书稿。每本书，都分为四辑，分别从四个维度层层铺展，步步递进。内容丰富，包罗万象。有写人、写景、写事，也有写历史故事，写小城文化，写人生感悟。每一辑、每一篇都高能赋氧，催人奋进！

高新东先生文笔细腻，温润如玉，没有哗众取宠，没有辞藻堆砌，字里行间流露出的是源于生活又高于生活的余甘之味。他的每一篇文章，都有自己独特的观察和思考，看似漫不经心，娓娓道来，实则于景于情于理中都能发散出金字塔般的大内涵。它可以引领读者酣畅淋漓，一口气追寻下去，充分感受他的身临其境……

生命是一场旅行，四季轮回，秋色如春。秋是收获，秋是沉甸，秋更是生生不息的希望。生活是一首战歌，只要用心弹奏，一定会响彻云霄。高新东先生就是这样一位用心用情演绎生活的高人。他的散文，会让您不知不觉中，从一个个鲜活的人物或事件中汲取到满满的社会正能量；也会让您与人物的命运紧紧相扣，产生休戚相关的共情效应；更会让您在人物的境遇和感思中留连忘返，蓄积力量。

“不积跬步，无以至千里；不积小流，无以成江海。”高新东先生就是这样一位向下扎根、向上生长的坚持者和追梦人。他的宽广胸怀和人生格局，相信每一位读者都能从他的书中，慢慢领悟，细细品味。

我感觉，拜读高新东先生的散文，真的是一种修行，它可以让人们抛开眼前所有的烦恼，完全沉浸在文章的意蕴和氛围中，充分领略出世的旷达。

生活不止眼前的苟且，还有诗和远方，高新东先生做到了，他用文字，把一个个平凡的烟火故事，写成了不平凡的书香和诗意，向读者真诚奉送了一份饱含浓情蜜意的美味佳肴，非常值得一读！

我为大家推荐高新东先生的散文集，相信您一定会醍醐灌顶，受益匪浅。凭善良处世，用阳光生活，以最好的心态面朝大海，春暖花开！“海到无边天作岸，山登绝顶我为峰。”高新东先生凭借多年的积累和沉淀，创造了人生的又一个辉煌！他的散文，值得大家认真研读，我祝贺他，为他鼓掌、喝彩！他的成功，更是我们做老师的无上光荣！

让我们一起拜读吧，赏一赏高新东先生温润的人间烟火和岁月清香。读书，是一个可以让人变得更加辽阔的过程。人间草木深，我心桃花源。一转眼，已入深秋，高新东先生也刚好正值人生的秋天。作为老师，我虽然比他大不了几岁，但是走入秋季，我欣赏到的却是满园春色。相信在不久的将来，高新东先生一定会创作出更多更美的文学奇葩，带给读者一个又一个更为惊喜的文学盛宴。祝愿他在文学的圣殿上，叱咤风云，一路雄起！

2023 年 11 月 16 日于上海

（陈素琴：学者、教授，系作者老师。）

附录三：

浪花雨露皆成诗

骆圣宏

有些人没有成为作家，有时不是因为他没有这个能力，而是他有另外的路要走；有些人没有作家的头衔，并不代表他没有作家的文采，只是我们未曾有机会遇见。

新东是一块玉，一块璞玉。这块璞玉，我花了二十年才识得他的本真。

他小我几岁，都在同一个城市，在不同的单位从事文字工作，并相继走上单位的领导岗位。尽管如此，和他原只是认识而已，没有真正地深入交流过。在我刻板的印象中，他也无非和其他众多文秘出身的官员一样，一个“刀笔吏”起家的不大不小的“官僚”而已。

去年在一次活动上再次遇到他，谈起新媒体文学平台“人民作家”，他滔滔不绝，谈了很多看法，没想到与我心中想的不谋而合，甚是惊奇。一天我去政府大院办事，时间比较宽裕，我就打电话给他，问他在不在办公室，方便的话去喝茶坐坐。他正好在，热情地邀请我过去坐坐。

进了他的办公室，堆积如山的书又一次震惊了我。有政治学习方面的书，有工作业务方面的书，有历史和地方史志方面的书，也有文学方面的，书橱里满满的，办公桌子上、条柜上、茶几上、空桌上，全部都是。

谈起梦想，他希望将来退休以后能有一间工作室，几个人一起喝喝茶，看看书，写写画画，晒晒太阳，聊聊天，那多好啊。

他的办公室在二楼，窗外树木葱茏，阳光甚好。我说，这也正是我的梦想。

我说，你现在工作这么忙，哪来时间看书的？他说，挤。每天晚上不仅要看书，还要写书法、记日记，还写了上千篇日记式小品文。我说，你可以写一些文章，我们“人民作家”给你发啊。他谦虚地说，以前在业务报刊上发表过不少散文、随笔，也在《北京文学》上发表过一篇散文，就是怕不符合“人民作家”的用稿标准。我说，你发来看看。

后来相继发表了几篇他的散文，反响很好。他为人很谦虚，喜欢听取各种意见，我这个人水平不高却又好为人师，我们的交流就多了起来，手机信息里、电话中、茶桌上，谈文学、谈往事、谈地方历史文化。和他交流，如沐松风，如濯山泉，如浴煦阳，又如高堂听诵，回响不绝！

今年春夏之交的时候，我说我正在整理以前的文稿，准备集中出版，建议他一起出。他说是随手记的，不一定符合出版要求。我说，你选一些出来，我们一起看看，能选多少就出多少。没想到，他竟然选出了四本书的稿子出来。可以说每一篇都精美如玉，一如他的人品一样。那些闪亮的句子、精美的段落、富于哲理的思辨，让我想到了璞玉。新东就是一块璞玉，平时低调地藏在泥土里，其实内心就是美玉。

他的文字，如同溪水从山涧流下，真诚而自然，自然而唯美，唯美而富于哲理，一切好似天成。然而细品，你就会发现，每一滴溪水无不是生活的大山挤压出来的。人生总会有许多压力，有些压力也只有自己默默承受，无可言说，无人能说。外在的风光，总会伴随无以言说的无奈、困顿、焦虑、无解。我想，既有温情和友爱，也一定会有阿谀逢迎、伪善欺诈。善良的父母传承给他那些正直的品德和原始的正义感，时刻提醒着他如何做人做事，良知和现实的冲突无时不在。

纷繁复杂的机关事务，会让人变得平庸而琐碎；组织人事的特殊性，也总会见识人性的多面性；特殊的身份，也让亲情、友情变得更加复杂而敏感，等等。

新东喜欢听音乐，也喜欢写书法。音乐和书法都强调协调、和谐及内在的韵律，正如他享受音乐之美、书法之美一样，他能通过内心的自我治愈，把人生中的风雨揉碎、消解，把生活的点滴雨露放大、呵护，然后升华成一道道思想的彩虹，并用优美而抒情的文字记录下来。他用文字的形式，时刻和灵魂对表，在日复一日的对照中，修炼提升了自己，也无意中为我们读者留下了一笔宝贵的财富，既是文学财富，也是独特的精神财富。正可谓无心插柳柳成荫。

他这样写道：“只有熬出来的日子，才有滋味，越是难熬的时候，越要让自己开心快乐。在喧嚣的世界中，我也常常感到迷茫和焦虑。每天忙忙碌碌地工作、赶路、应酬、养家，还要抽时间运动、看书、写字、听音乐，生活节奏快得让人透不过气来。在这样的日子里，我似乎忽略了自己内心最真实的声音。”“适合自己的就好，不必活在别人的眼光里。芭蕉是我种的，我不怨芭蕉。”（《种了芭蕉亦不怨芭蕉》）

绵延的思绪无不是人生智慧的结晶，看似普通的不能再普通却又十分深刻的思想浪花无不是从毛孔里抠出来的血珠。

他的这些文字，不仅让我们感受到文学之美、语言之美、哲思之美，也让我们体味到生活之美、人性之美、亲情之美、友情之美。

他在写下这些文字时，并没有想要发表或出版，只是作为人生的感悟随手记录，正因如此，它没有通常的作文套路和矫情造作，更多的是真情的流露。真实才有力量，真情才能打动人。

唯美的文字，流畅的文笔，从容豁达的情怀，纵横捭阖的叙述，委婉跌宕的思绪，摇曳生辉的思想火花，变化多姿的行文风格，回味无穷的诗意表达，形成“新东式哲思散文”独特的审美意趣。

一段对话，一次茶叙，不经意的一瞥，抑或花草树木、浪花和雨露，在他的笔下和心底皆有了诗意，有了禅味和人生哲理。他的文字让我想到了林清玄，也让我想到了汪曾祺，虽然未达到二位名家的境界，却也不乏一些的神韵。

汇集成册的这些作品，是从众多作品中精选出来的，许多句子、段落、篇章，让人爱不释手，流连忘返，真的值得我们花时间去好好读一读，仔细品味品味，不同的人，或许都能从中找到自己情感共振的点。

姜琍敏，江苏散文学会会长，曾任中国散文学会副会长、《雨花》杂志的主编，他第一次见到高新东的文章即给予高度赞赏，并自己操刀为新东的书写序言。作品能得到省级文学大刊曾经的主编认可并亲自写序，这对每个文学爱好者来说，是天大的肯定和荣耀，也是梦寐以求的美事。

现在写文章的人很多，有些人是为写文章而写文章，为写风景而写风景，为写故事而写故事，看山是山，看水是水，只有自然的真实，没有艺术的真实。高新东却不同，许多作品早已看山不是山，看水不是水，有的虽然看山还是山，看水还是水，但他笔下的那些山，那些水，那些人，那些事，与生活的本真有了本质的区别，有了更多的他性，好多从自然的真实上升到艺术的真实、形而上的真实。

同样，写美文和小品文的人很多，但在人性角力场淬火锤炼几十年的高新东，如崎岖峻美的高山，高山之下，无不压抑着火山过后的壮怀激烈；他那平静如家常的文字背后，也有着壮怀激烈后的释然。因而，同样的树木花草和闲情逸致，在他的笔下就多了几分深刻和大度，多了几分人生的睿智和宽容。

“如果我错过了太阳和月亮，别急，我还有繁星。如果这个世界上什么事都是完美的，那就没有真正的完美。正是有了这些不完美，才能衬托出其他的完美。更重要的是在遗憾中会催生一种勇气，难道不能说遗憾也是一种向上的力量吗？”（《遗憾是岁月的成全》）

读高新东的这几本书，我想，一定会有与读其他书不一样的情感体验、人生感悟和美学收获。

心理学上有一种疗法叫叙事疗法，他通过每天的个人生活、思绪感悟的记述，治愈自己那颗四处闯荡的心，今天我们有幸读到这些文字，不仅可以看电影般地去经历、体验他曾经的情感、思绪、场景，这些文字也可以随时抚慰我们在不同年龄阶段、不同人生场景中受伤的那颗心。

别人把风花雪月过成一地鸡毛，他把平凡和庸常过成诗情画意。

新东的这些文字，不仅可以让我们享受到文学之美，还可以让我们感受到他的为人之美、谦逊之美和善良之美。

新东和我一样，出生在一个贫寒的农民家庭，尽管他小我几岁，人生经历却是大同小异。我自认为已经很勤奋、很励志了，但跟他比起来，却是自愧不如，特别是他的自律、做人做事、温良谦恭，更是我望尘莫及。

20 世纪 80 年代，国家急需人才，每年通过中考，从初中毕业生中优先录取优秀学子到各个职业学校上中专。就这样，高新东考上了财会学校。跳出农门，即将捧上“铁饭碗”，他没有躺平睡大觉，而是如饥似渴地读书。毕业后分配到乡镇财政所，他一边工作，一边学着写业务文章、写新闻报道、写随笔和散文，甚至写小说。不久，他的才能被上级领导发现，调其到县财政局工作。

到了县局以后，他除了做好自己的业务工作之外，继续写作，并主动承担了许多份外的工作。同时参加自学考试，先后取得大专和本科文凭。县纪委发现了他这个人才，协商调他去，被他单位领导回绝；接着组织人事部门也发现了他，直接将他调了过去。

繁忙的工作中他仍然坚持学习和写作，把别人打牌、喝酒的时间用来充实自己。即使现在已经当上了领导干部，他每个月至少也要读五六本书，睡前读，出差途中也读。网上有句话说，每个成功人士光鲜的背后，莫不是苦行僧般的生活。这句话，我觉得放在他身上也同样适用。

“只有自己绽放了，才能被别人看见，去吸引相同频率的人。没有人能主宰我们的幸福，把一切都押注在别人身上时，什么都是被动的。爱自己，更爱他人，才是终身幸福的开始。每段人生都不一样，每个人的经历也有所不同，追求的愿望也自然不一样。不看轻别人的梦想，也不妄自菲薄自己的追求。照顾好自己，也顾及他人，开启幸福余生。”(《偏爱自己》)

只要你认真读完他这四本新书，除了能感受到文学之美外，一定也会读到他不一样的人生故事，感受到励志向上的精神风貌、兼收并蓄的阔大情怀、谦逊自律的良好品质，等等。我想，他不仅是我们同龄人的楷模，也应该是青少年学习的榜样。

我常爱荷花，但我如何才能做到荷花般高洁？我常羡松柏，我又如何能像松柏般挺拔伟岸？亲君子而远小人，读一读新东先生的文字，也是我们从善如流的一次身体力行，让我们生命里的每一朵浪花雨露也能诗意般开放。

2023年11月28日于杭州

（骆圣宏：当代公安非虚构作家，中国平安文化理论创立者，新媒体文学平台“人民作家”总编辑。）

附录四：

光阴的宝藏是永恒

高　雅

2023 年 10 月 27 日，爸爸发来信息，说要送我一台相机，鼓励我多记录生活的美好。原来，今天是我的生日。就在这一天，爸爸的散文集初稿尘埃落定，寄来给我，希望我写一篇感言。

受益于父母的开明，我自小就在一个非常独立且包容的家庭环境里长大，看了不少的闲书，也走了不小的世界。

大概从高中开始，成长道路上的每一个关键决定，父母都是给了我全部决策权，同时又极为鼓励我发展自己的兴趣爱好，在他们的能力范围内给了我最好的生活条件和发展空间。

这样的教育，也成就了我一直以来非常独立且勇敢的性格。拿到书稿后，由于工作繁忙，只能抽出碎片时间，时不时地看两篇，就这么从细枝末节里发掘了一些我成长环境背后的故事。

《光阴也长大》《秋色如春》《站在岸上赏月》《飞过一片时间的海》这四本散文集，按照人生的脉络和内心的独白，真实、平淡却温柔地讲述着爸爸从童年到学生时代再到工作以后的所思、所想和所悟。

很多故事，我从未听说过，但通过这些娓娓道来的文字，我却感受到了奇妙的时空连接，仿佛将现在的我与童年的爸爸相牵在了一起。可能正是因为爸爸经历过的故事、形成的人生态度，才体现在了对我的教育上，也言传身教、潜移默化地形成了我的自我认同和人格特征。

从前我并不迷信基因或是遗传的力量，只觉得人是独立的个体，都有各自的风采。可当我看到散文集后记里爸爸这么形容自己的工作风格："这么多年，我乐意做铺垫、辅助、幕后和助人的工作，更多的时候还跑了不少'龙套'，不希望自己多出'风头'，多'显摆'，只是想多做事、多思考、少说话。"我才真正感受到了命运的齿轮似乎早就开始转动。不知不觉中，我好像也成长为一个带有明显家庭色彩的大人，踏实做事，真诚做人，默默地接受着命运标好的价码。

《想念史铁生》中有这么一段话："一个人十三四岁的夏天，在路上捡到一支真枪。因为年少无知，天不怕地不怕，他扣下扳机。没有人死，也没有人受伤。他认为自己开了空枪。后来他三四十岁或者更老，走在路上听到背后有隐隐约约的风声。他停下来转过身去，子弹正中眉心。"教育提前为我灌输思想，而在我拥有阅历那一刻，醍醐灌顶，茅塞顿开。

我在上学的时候,总是急着赶路读书,从未曾品味文人风骨。总以为那些美好的词句,是束缚自己的粗布麻绳。回望时才发现,一切皆是熠熠生辉的丝绸缎带。教育的真正意义在于知行合一,它往往具有长期性和滞后性。子弹正中眉心的那一刻,之前的所学,才算真正意义上完成了任务。

在记性好的时候,记住了那些文章,然后在接下来的人生长河中慢慢品味。读完这四本散文集,爸爸的岁月中扣下的扳机仿佛正中了我的眉心。我想,这枚子弹是光阴的宝藏。

人们总说,人无法同时拥有青春和对青春的感受。可贵的是,我在仍算得上青春的年纪,读到了爸爸对青春的感受,虽然时空交错,但是也算是另一种同时拥有。

“岁月并非永远年轻,光阴也会长大。”而光阴的宝藏是永恒的。

2023 年 11 月 20 日于南京

(高雅:目前在南京工作,系作者女儿。)

后　记

要不要写这后记？

那天，在梧桐悦读新空间，几个文友聚在一起，品着秋天的“第一杯红茶”。午后，阳光透过厚厚的玻璃，泻满整个空间，温暖地洒落在脸颊上，令人很是惬意。

秋天，一个收获的时节，我的内心显得格外宁静。桌面上，铺开的是我的散文书稿。大家议到书的后记。我的本意是不想写后记了，为什么这么说呢？

主要有几个方面的因素。一来，我的心路历程，在许多文章中都写到，想说的话也都说了，书至尾端，再写后记，是否有画蛇添足之嫌？二是，我阅读学习过许多名家的散文集，也有一定的感慨。2023 年 9 月，我有幸去南京师范大学参加培训，在学校对面的先锋书店，我一口气买了余秋雨、贾平凹、林清玄、余华和毕飞宇等多名作家的散文集，最终发现他们也不是每本书都写后记的。回头想想，我许多篇散文的风格，也都是从一些名家的美文中汲取营养而逐步形成的。他们的散文集没有后记，而我一个普通的文学爱好者为什么要写后记呢？其三，与我的做人原则有关。这么多年，我乐意做铺垫、辅助、幕后和助人的工作，更多的时候还跑了不少“龙套”，不希望自己多出“风头”、多“显摆”，只是想多做事、多思考、少说话。

一起茶叙的文友圣宏先生与劲松、晓芸两位老师都劝我，还是要写一个后记。不为别的，只为读者着想，你要告诉人家，你为什么要出书？你一个学会计的“理工男”，怎么又变成了“文字匠”？说得都在理。

实事求是地讲，我还是听得进好的意见和建议的，这样也是为了能不断提升我自己。当晚，在自家的书房里，我开始琢磨如何起笔后记。想着想着，不由得思绪万千。

我是一个出生在苏北的农家孩子，没有上过幼儿园，也不知道什么是学前班。八岁时，和生产队其他小朋友一样，背着黄书包，独自走路上一年级，从来没有享受过父母的接送。教我们课的，大多是苏州、无锡的知青和本大队高中（也有初中）毕业的代课老师。

上小学对我来说，不是压力，而是新鲜、热闹和好奇。上课常常是“小和尚念经——有口无心”，跟着本来就不专业的老师，一起读拼音字母，学说普通话，学做“1+2 等于几”的数学题。

背课文，真是一项“苦交易”。最喜好的是体育课，操场才是我们这些天真孩童的“练兵场”。

三年级，要写作文了。说实在的，我不会写，大多数同学也和我一样。怎么办？于是，我就求教于读过几天书的妈妈。忙完一天农活，吃过晚饭，在煤油灯下，妈妈说一句，我写一句，才把作文勉强完成。

做了妈妈半年的“秘书”后，我似乎有点儿“开窍”了，知道怎么写作文了，也悟出了一些写作文的“秘诀”。那就是紧扣主题、抓住关键词和核心内容，把心里想说的话说出来、写出来，这就是作文。可见，妈妈才是我的第一任写作老师，而且是一个出色的好老师。

那时候，农村每家都养几头猪、几只羊。我们放学后，都有一个任务，必须挑一篮子猪菜或羊草。挑猪菜、羊草对于我来说不是大事,我了解它们的“市场”,那就是生产队西北片“三条田”里的猪菜最多，东北片“六排沟”东北角靠河边羊草遍地都是，一般一篮子的任务，我半个小时就能完成。这时，我会从篮子底下掏出带过来的书，坐在清澈的小河边、棉花田埂上或者农家的草堆旁,美滋滋地看上一个小时书。识字不全的我，就这样似懂非懂地被一本本书中的故事打动着……

清晰地记得，有一天傍晚，借着夕阳的余晖，当我看完一部“大块头”的书后，就对着落日发呆，想象多少年后，我该是像隔壁邻居本才、玉春一样种田养家，还是像本怀、忠华一样学一门手艺？抑或像贵忠、本华一样参军报国？都不是，我只想到新华书店去当一名营业员，或是到图书馆做一个管理员，一生与书相伴。

再后来，我考入盐城会计学校，开启了四年的求学之路。在那里，我既学到了专业知识，又悟到了许多做人的道理，最重要的是还学会了思考，形成了可以支撑自己一辈子的人生观和价值观。

盐城会计学校改变我的不仅是身份，更是命运。那时，学校刚刚从在龙冈的税训班搬到盐城新校区不久，正处于从白手起家到逐步完善的阶段，图书馆还在筹建之中，好在盐城市图书馆距离学校不是很远，我常常过去借书，抑或到老城区的新华书店“蹭书”。在盐城会计学校期间，我有幸在国家级报刊上发表了我人生的第一篇“大文章”，这也为我今后的文字工作树立了自信，奠定了坚实的基石。

工作后，我先后在《中国财政》《中国财经报》《国内动态清样》《北京文学》《中国组织人事报》《新华日报》《盐阜大众报》等报刊及“人民作家”、微博、今日头条、美篇等网络平台发表论文、通讯、随笔、散文、小说1000余篇。

一日下班途中，一缕斜阳划过我的眼际，一群大雁从头顶掠过，径直飞向南方。低头一看，随着一阵微风吹过，目光所及之处，一片枫叶正从我的眼前飘过，紧接着，两片、三片、四片……恰似我的小品文一篇又一篇面世，真的令我无限感慨。

多年来，我一直坚持着一些生活习惯。比如，每天晚上必须保留一到两个小时，用于看书、练字、写作和听音乐。再比如，每天坚持写日记，把工作和生活中所见、所思、所想都及时用文字记录下来，每每有成熟的小品文，也会在相关的公众号上予以发布。另外，我还有一个爱好就是喜欢文摘，这一习惯坚持了40多年。从上初中开始，我就专门有个摘录本，先是摘抄歌词、诗词，后来在看书过程中，会摘抄优美的散文词句，手抄、剪贴各类美文美句。

有了网络后，我开始用台式机、笔记本、平板、手机等工具摘录，并且还有意识地对一些文字加入自己的思想，再加工、再提升、再完善，最终形成了后来的“心论语”栏目品牌。我估算了一下，也积累了有60多万文字，这些都为我的散文创作扎下了根基，铺好了路。

2023年夏日，一个要好的文友邀我一起品明前龙井。我一边品味着清香的茶叶，一边心怀畅想，每一个品种的茶叶都有它们各自别具一格的脾性和滋润，这不好似一本本厚厚实实的“书”吗？

茶如此，那么人呢？我们每一个人也应该都是一本书。文友说：“我秋天要组织出版一套书，你可以把过去的散文整理一下，拿来出版，这也算是对我们过往的人生留个烙印。”我当场表态，真是太好啦！

对这事，我认了真。每逢周末，我都会用心整理散落在各类媒体的小品文，前后梳理了大概1000多篇，做过一次删减后，留下500多篇，后来又二次删减为280多篇，最终形成四本书体量的文稿。

坦率地说，我写散文，纯属个人爱好，只是想让自己工作和生活中的一些经历、想法和感慨，能以文字的形式记录下来，好多小品文甚至都还没有来得及二次深加工。更多的小品文则是与朋友、同事、同学和家人在吃饭、喝茶、聊天过程中的一些体会。有的可能是他们说过的一件事，也有的是他们感叹的一句话,或者是大家讨论过的一个话题。从未想过能有汇编成集、出书成册的这一天，只是作为日记保留了下来。要说出版，这本书更像“围炉煮茶”,或者叫“自说自话”。文友说,这样不行，太土太老太模式化，散文集还是要有散文集的模样。

为此，我没有少跑图书馆和新华书店，专门学习探索散文集到底该怎么“集”、怎么编、怎么整、怎么合以及怎么出新。

“文章千古事,得失寸心知。”我想,我就按时间顺序编排吧：从最初喜爱文学，到坚持业余创作，再到后来发表文章；由出生记事，到懵懂开悟；从小学到初中，由外出求学到工作就业；从恋爱结婚到女儿长大；由父母养我渐渐长大，到我陪父母慢慢变老。从一路走来的点点墨香中，我梳理出了一个大体的脉络。

这也就有了后来的散文“集叙”的故事。从《光阴也长大》说起,悄然间到了人生的秋天——《秋色如春》。此时的我,《站在岸上赏月》,看人间烟火,思万里长城。《飞过一片时间的海》,在思绪起伏的文字中感悟生命的美好，享受时间的恩赐。

按照文章不同的内容，我将它们归类为四个专辑，看似不同章节，但其实贯穿着时间以及内心独白这根主线。时间跨度说大不大，说小也不小，弹指一挥间，四五十年就这样过去了，这可是我一生中最为宝贵的年华。我曾经一度认为，是自己把最美好的光阴拿来折腾了，可如今再回首，那些没有被折腾过的光阴就等于蹉跎岁月。在这些作品中，我把自己的人生过往兜底捧出，以期给心灵一个赤诚交待。

是的，散文本身就是一种心灵的独白，是心灵对于现实、对于历史的一种感悟，它需要抒发、明辨和呼唤，有时也需要无言的感恩——感天地、感时世、感人物、感情景。那么，对我来说，有感触有感想有感悟，就需要独白，需要交流，需要更多的表达方式，于是便有了您手中的这本散文集。

《光阴也长大》这本书共62篇小文，这些小文有的是在夜深人静时写的，有的是趁午休空闲时写的，有的是在飞机上、候车室和动车上写的。有些写起来壮志满怀，有些写起来怅然若失，有些写起来黯然神伤，甚至泪流满面……但无论何情何境，都是我真情实意的流露，莫不充满着对美好生活的向往。

以赤子之心爱世界，以真诚之笔写人间。在人生的秋季出书，无关成名、无关成家，只希望我生命里感动我心的点点滴滴，也能感动到打开这本书的您。

书中有些文字还略显粗糙，有些语句还不尽完美，但它们却实实在在地满足了我通过文字来表达对生命的敬畏，对生活的热爱，以及对身边亲人朋友和领导、同事的感恩。

值此《光阴也长大》一书出版之际，首先，我要感谢我的家人，感谢我的太太沈卫华女士，是她给予了我全方位的关心和支持，为我提供了宝贵的创作时间！我还要感谢我的宝贝女儿高雅，她在忙碌的工作之余专门为本书写了读后感！我衷心感谢蒋巍、姜琍敏、朱寿桐三位大家，感谢著名文化学者马连义先生、班主任陈素琴老师和文友骆圣宏先生，感谢你们在百忙之中为本书作序、写评、写感！我还要感谢诸多文友，帮我审阅初稿，给我提供许多有益的建议和意见。我特别要感谢江苏凤凰文艺出版社姚丽、梁雪波两位老师，没有你们的精心策划和悉心指导，就没有我这本书的成功面世。在此，谢谢你们！

最后，我还要感谢这个伟大的时代，是时代为我提供了一个人生出彩，让梦想成真的大好契机！我也要感谢每一个正在阅读的您！因为有缘，我们相遇；因为有缘，我们相识。让我们一起与时代共成长、同进步！谢谢！

高新东

2023 年 12 月 21 日于盐城